沉没

李根萍

著

江苏凤凰文艺出版社
JIANGSU PHOENIX LITERATURE AND
ART PUBLISHING

图书在版编目（CIP）数据

沉没 / 李根萍著 . -- 南京：江苏凤凰文艺出版社，
2025. 1. -- ISBN 978-7-5594-9384-2

Ⅰ. I247.5

中国国家版本馆 CIP 数据核字第 2025DU2427 号

沉没

李根萍　著

责任编辑	张　倩
责任印制	杨　丹
封面题字	谢少承
装帧设计	有品堂 _ 刘　俊
出版发行	江苏凤凰文艺出版社
	南京市中央路 165 号，邮编：210009
网　　址	http://www.jswenyi.com
印　　刷	南京新洲印刷有限公司
开　　本	880 毫米 ×1230 毫米　1/32
印　　张	8.125
字　　数	148 千字
版　　次	2025 年 1 月第 1 版
印　　次	2025 年 1 月第 1 次印刷
书　　号	ISBN 978-7-5594-9384-2
定　　价	52.00 元

江苏凤凰文艺版图书凡印刷、装订错误，可向出版社调换，联系电话 025-83280257

目 录

第一章

麦刚清晰地记得，那年东南省西京市的冬天特别冷。

街道边的树木在阴风冷雨中打哆嗦，几片残存的褐色梧桐叶在风中无助地飘零。楼宇灰蒙蒙的，似乎比往日矮了许多。疾驰的汽车，仿佛成了滚动的球，漫无目的地在路上翻滚。古城墙下的樱花湖破败萧瑟，湖中露出一根根干枯的荷茎，似乎在水中呼救，抑或是在说冷。东郊的银子山被白色的浓雾笼罩，朦朦胧胧，也是灰的。

麦刚不喜欢冬天，尤不喜欢西京的冬天。西京处在南北交会处，不发取暖费，也不享受集体供暖。冬天西京贼冷，室内和室外一个温度，很难适应。夏天却又出奇地热，进门不开空调，没法过日子，是全国著名的火炉之一。

那年的冬天，麦刚刻骨铭心，因为这个冬天，他的单位没了，被撤并了。

　　集团总部对所属单位进行大刀阔斧式的调整改革，风传已久，终于在北风中陡然降临。

　　天要下雨，娘要嫁，由不得自己。麦刚起始也未当回事，毕竟喊狼来了喊了多年，有些麻木了。如今狼真的来了，却一点思想准备都没有，麦刚心里空落落的，甚至觉得整个西京似乎只剩他一人，茫然，孤独，无助。

第二章

麦刚在振海报社工作。报社属振海集团办公室直管，集团一个副总具体分管，下设总编室、群联处、业务处、综合处、摄影室。

振海集团是一家老牌央企，集团总部在北京，相邻的五省一市都有下属企业，曾经前景一片光明，品牌威震四海。集团在东南省西京市更是赫赫有名，每年春节前，省领导还会来集团走访慰问，共叙情谊。当地有什么困难，也会第一时间想到振海集团，集团每次都爽快地伸出援助之手。当然，振海集团有事求助于东南省，省领导也倾力相助，双方建立了非常默契的关系。

一夜间，振海集团没了，被新组建的东海集团接管。办公室、人事部、生产技术部、设备部、保卫部、后勤部的人员除留小部分转隶进新单位，剩下的都要分流。有职务的，在新单位按同级别安置；没有职务的，按专业对口的岗位安排。

振海集团办公大楼十楼，有个能容三百号人的大会议室，集团大会均在此召开。小会一般在九楼小会议室开。

振海集团在十楼会议室召开最后一次大会，即解散会。会后，集团便会结束历史使命，隐没进历史长河。

平常集团常开大会，大家不太愿意坐前面，总想往后坐，主要是离主席台上领导的视线远一点，可以自由随便一些。办公室负责召会，坐在下面的人稀稀拉拉，没少挨集团领导的批评。最后办公室想出个招，每人摆个席卡，按职务大小由前向后排，如遇出差或值班，各部秘书会提前过去将其席卡撤下。

麦刚最怕开会，尤其是怕开那种时间很长的念材料的会，无聊，乏味，且浪费时间。每次开会，他能躲就躲，台上念材料时犯困，要么在会场外走廊上来回踱步，思考一些问题；要么溜进集团网络办，打打电话，聊聊天。

今天，坐在十楼会场前面的麦刚心里泛起异样情绪，因为是最后一次在这里开会了，往后想来这里开会也没机会了，难免有些伤感。毕竟任何事物熟悉了之后一旦失去，总会令人留恋难舍。

会议开始，办公室主任杨可为习惯性地清了清嗓子，开始宣读分流人员名单。

会场出奇地静，掉根针都能听见，谁走谁留，分流在哪个单位，会前大家都知道了，但还是想听听，再次证实一下，并且这也是一种仪式感。

唯独报社人员没上名单，等待下步分流。报社人员为何不统一分流？有人说是想保留这支队伍，有人说新组建的集团还要办报，也有人说故意裁减消化这支队伍。到底是什么原因，报社的人都不知晓。真实情况，恐怕只有负责制定改革方案的人才知道。麦刚隐约感到，这是一种说不清道不明的预兆，他没敢直接说出来，怕影响大家的心情。

前些日子，集团改革的正式文件来了，其他部门的人都在忙着找出路，振海报社却还要坚持出报，直到办完最后一期。

振海集团即将解散，振海报社仍在组织开会，研究如何搞好改革宣传。

在会上，有人悲壮地说："振海报社就像一艘在大海上行驶的船快要沉没了。别的部门的人都在忙着找出路，争取去好的岗位，而报社的人前景渺茫，却还要坚守岗位，为改革鼓与呼。"

那些天报社忙着办最后一期报纸，自称告别报，共14个版，头版是本报编辑部文章，标题是请西京著名的书法家宋太阳题写的，五个字花了一万五千元。麦刚记得，编辑部文章写得惊天地、泣鬼神。起始是"执手相看，依依惜别"，结尾调子挺高："九万里风鹏正举。迎着时代浪潮，重塑自我，以崭新的姿态再出发……"

宣布完分流人员名单，振海集团董事长洪钟最后发言。

他说："改革号令来，大家一切行动要听指挥。今天这次告别会，对我来说，心情和大家一样，十分难过，但又不得不接受现实。虽然离别在即，但我们曾经共同奋斗过的感情永远在，无论是留下的，还是被分流的，永远是一家人……"

最后全体起立，同唱《振海集团之歌》。音乐响起，大家明白这意味着什么，情不自禁地跟着唱了起来，声音由低到高，连主席台上的集团领导们也一起高唱起来，泪花闪闪……在山峨峨，在水汤汤，天荒地老，此情曷极！

东极新村，浴室廊，银子新村，古老的大礼堂，集团雕像，民国式建筑，双层黄色老房子，成片的水杉林，粗壮高大的梧桐树……这熟悉的一切，都要告别了。

古人云："变者，天道也。""日月不新，何以光明？"人生常遇离别事，麦刚想不到这样的变故将降临在自己头上。

散会后，被分流出去的人拖着行李箱开始各奔东西，回望集团办公大楼时，眼眶里蓄满了泪水。几乎人人都在大楼前一步三回头，也许是从前都未曾想到有一天会告别这个院子，此时，往日在大院里工作的场景如电影慢镜头一般一一回放。

李大钊曾经说过："人生的目的，在发展自己的生命，可是也有为发展生命必须牺牲的时候。"

　　麦刚知道，正是这些人默默无闻地转身，成就了振海集团又一次转型。当然，麦刚也没有料到，自己接下来的日子会这么难熬，会经历这么多刻骨铭心之事。

第三章

　　振海集团解散后，振海报社没由改革留守办接管，而是暂时划归榕州省新成立的榕州集团管理。榕州远在一千公里之外的海边，是个美丽的城市。过去，麦刚常去榕州下属单位出差，但他做梦也没想到，改革后，这里竟然成了收留自己的集团机关所在地。

　　报纸停刊后，振海报社的微信公众号仍在运营，也归榕州集团管理。

　　40多人的报社，突然编余，人员咋管理？下一步怎么办？大家如走在大院背后银子山上的浓雾里，一片迷茫，只盼望能尽快有个好结果，即使不办报，也想重新找个合适自己的岗位，最好还是干老本行。

　　树将倒，风先到。报社领导层动静不小。三年前，老社长赵伟提升的呼声很高，甚至风传将去榕州任职。榕州的这家下属单位还开始打听他的一些情况，没想到，节骨眼上，振海集团分管报社的副总高升调走，集团总部随即空降一人，占了这个位子。现实就是这样残酷，没有一丝怜悯，更不会谦让。外人最多只是叹息几声，当事人的天却塌了，多年努力付出，希望灭了。痛苦，失落，恐怕只有他本人自知。

赵伟没搭上末班车，年龄又到杠，只能让位当高级编辑，告别繁忙，找个清静的办公室待着，每天喝茶看报。

赵伟退位，报社是个清水衙门，集团机关一般人或许看不上，完全可从副职人员中提个社长，或可从处长人员中提个副社长。没料到的是，报社社长的位子也有人惦记。不久，集团另一个部门任副职的朱星抢了这个位子，堂而皇之过来当社长。据说，朱星是来过渡，将来他还是要回原部门任正职的。

朱星来当社长，报社人员一个都不能动，有想法的人很多。集团领导或许过意不去，在靠近江边的京口市给了报社一个职位，提了个处长过去。以往，京口这个地方富饶，靠近西京，多是集团领导的秘书或人事部门的人去任职。

新老社长交接仪式安排在振海集团九楼小会议室，报社处以上领导参加。

集团文书记亲自参加交接仪式，集团分管报社的副总陪同。

会议没有喜庆之色，没有掌声，没有笑声，更多的是沉闷与尴尬，还有说不出的失落。

分管振海报社的副总先是高度赞扬了报社这些年取得的成绩，说此次干部调整，是集团党委的决定，集团对报社的干部非常关心，京口这个指标，也是优先考虑报社的，下步还会对报社人才发展予以重点关照。

文书记扫了一眼坐在对面报社的人，向上麻溜地推了一下老花镜，清了一下嗓子。过去他常表扬赵社长，也知此际赵社长心情难受，但他还是将赵社长再夸了一番。说完，似乎他自己也觉得有些搞笑，既然优秀，为何提升不了？于是，他尴尬一笑，又长叹一声，说："当领导其实很累，看看我，每天两眼一睁忙到熄灯，压力也大，总想歇歇，就是停不下来，一个事接一个事，没完没了。你退下来也好，可以好好休息，四处走走，干点自己喜欢做的事了……"

麦刚差点笑出声，但还是忍住了。赵社长明白，报社的人也明白，文书记说的是官话、套话、安慰话，不能当真。后面听说文书记在集团改革后平调到另一单位，一直没能得到提升，还生病住院，真假不得而知。

麦刚记得，赵伟当社长后，注重抓队伍抓质量，报纸版面栏目大调整，经常组织大家抓问题出好稿，报纸质量突飞猛进，在同行报纸中出类拔萃，常有人来取经。

麦刚大学毕业后考入振海集团下属一个培训机构，半路出家搞新闻。新闻工作是个苦差事，一般人干不了，也不愿干。但他自小生活在农村，不怕吃苦，也喜欢做文字工作。麦刚没让领导操心，单位年年都是新闻报道先进单位。有一年年底，单位主要领导还和麦刚同台领过新闻优秀单位组织奖，因而他在新闻行业里也算小有名气。

麦刚来自早西省，报社的同仁多是西京市或周边省市的人，他在报社算"少数民族"。麦刚的故乡是有名的辣都，他喜欢食辣，性格火辣直爽，有话说话，不会拐弯，在"逢人只说三分话，未可全抛一片心"的职场，容易得罪人。

麦刚的人生路起步就不是太顺。早西省宣传部的领导来西京开会，意外发现振海集团培训单位搞宣传的麦刚是家乡人，主动想挖麦刚回去。麦刚当时的女友也是老家人，自然乐不可支。

谁知早西省这边的调令过来后，却出了幺蛾子。单位不放，理由是培养麦刚多年，正需要人。可每次单位人事调整，麦刚却靠边站。

上级单位分管新闻的领导也掺和进来，不但不同意放人，还百般刁难，不让麦刚走，也不让他进机关工作。年底宣传工作总结会上，机关主要领导在大会上点名批评了麦刚，说他不安心工作。麦刚调动的事硬生生地耽搁了。

麦刚叫天天不应，叫地地不灵，出于无奈，只好留下来。后来，终于有点阳光照在麦刚头上，他被振海报社的社长相中，调进了报社。

振海集团改革前，朱星社长又调回原部门任正职。

报社再次空出社长一职，这下该从报社内部产生了吧？最终还是没有，半路杀出程咬金，榕州这边调了一个叫吉福的人来当社长。据传，他还是来过渡的。

报社领导班子，又无波澜。别小看报社社长这个不起眼的位子，集团上下盯着的人还不少。此次调整，竞争激烈，有报社提升出去的人想回来当社长，也有其他部门的人惦记着这个位子。人事部门只管用人，根本不会管是外行还是内行，更不会理会报社的业务建设和发展。当然，这里面不排除或是有别的因素，报社的人是不会知道的。

振海报社换两任社长，都给外来者占据，导致报社的后备干部发展受阻，这在集团多年罕见，在报社历史上也是绝无仅有。

第四章

刚成立的榕州集团的贾书记，曾在基层从事过新闻宣传工作，对报社这支编外的队伍十分关心，特意点名来报社看望大家。

报社的人仿佛看到了一丝希望，犹如困在茫茫大海的人，忽地发现陆地，个个瞪大眼睛，竖起耳朵，聆听贾书记作指示。贾书记大谈他过去从事新闻工作的经历，难忘、珍贵，对人生影响甚大，他鼓励大家不要气馁，继续为榕州集团的宣传工作作贡献。

振海集团改革后，振海报社面临的困难主要有两个，一是报销经费困难，报社家底经费划给改革留守办管，暂时还不能动，只说等通知，因而自己的家底，如今用不了；二是食堂用餐不便，食堂还是那个食堂，因隶属关系发生改变，东海集团的员工伙食有补助，因报社现在隶属榕州集团，没有补助。食堂给报社的人重新办了卡，东海集团职工持 A 卡，报社的人持 B 卡，一卡之分，饭菜质量相差甚远，吃饭的区域也分开了。

往日忙忙碌碌，如今突然闲置了，前途也不明，报社的人眼前全是一片迷茫混沌的大海。

吃过早饭，麦刚坐班车来上班。办公室里静得有些可怕，电话许久未响了，似乎这世界突然忘记这里，忘记这个单位，还有这个单位的人。岂止办公室是这样，报社整个两层楼都静悄悄的，走廊上整天也难见一个人。来干吗呢？反正来了也没事，也是发呆，也是叹气，也是等待，不如坐在家里自由，想干吗就干吗。

麦刚的办公室在大楼的一楼西面，朝南。他在窗台上养了几盆花，闲时，就推开窗户给它们浇浇水。如今，其中的一盆君子兰早已枯萎，上次什么时候浇的水早忘了。近期自己总是心不在焉，哪顾及得了花。窗台外是上班路过的人，有老单位留下的，也有刚分来的，彼此打量一眼，没有问好，也没搭话。人家知道报社没了，也知道麦刚的处境，就不想多事。

往日，这个点报社很忙，开早会，发稿件，看大样，接基层通讯员的催稿电话，上午要忙好一阵子。一夜间，这些仿佛是很久远的事情了，但有时又觉得仿佛就在昨日。

席慕蓉曾说过，走得最急的是最美的时光。这美的时光溜走了，就无法回来了。

麦刚在老家高乡结拜了三个兄弟，他排行老四。听说三个兄弟已到榕州省联城游玩，麦刚正想出去散散心，暂时忘记办公室可怕的孤寂。联城是个秀丽的山城，西京有个朋友冬明空降这里任职，也是早西高乡人，其他三兄长都与他熟悉。

抵达联城，冬明挺热情，头一天派人陪同麦刚四兄弟看了一下当地有名的土楼。第二天，冬明有些过意不去，想法挤出时间，陪四兄弟游览了当地著名的古村。

古村静卧山谷，屋舍星点，巷子幽静，石墙斑驳，物件久远，似乎能闻到旧时光的味道。

午间，进路边店吃饭，当地菜不是一锅煮，就是一锅蒸，瞧一眼就没胃口。见店里没其他客人，大家向老板提议自己下厨，老板犹豫一下，最后点头同意了。几人冲进厨房，系上围裙忙起来，洗菜切菜，主打一个辣字，辣椒烧鱼、辣椒炒肉、辣椒炒海鲜……店里的辣椒，全都下到了锅里。

菜上桌，红彤彤的，香气四溢。老板尝尝，直夸好吃，就是太辣。

临走时，麦刚特意多给了老板一些钱。老板攥着钱，目送好远，嘴里喃喃自语。可以想象，他肯定是说从没见过这么能吃辣的客人，也未见过如此大方好玩的客人。

恰逢清明节，麦刚顺便回了趟家，给父母上坟。

上坟前，麦刚特意将剩下不多的头发打理一番，他不愿让父母看见自己失意落魄的样子。虽然他满眼是故事，脸庞上却不见风霜。

儿行千里母担忧。麦刚大学毕业后就在外地工作，与父母聚少离多。麦刚的母亲身体一向不好，腿也不灵便。父亲在世时，常在一个叫陈家塘的小站送麦刚上车。知子莫若父，路上父亲会一再叮嘱麦刚："你这个直性子记得改改，不要乱说话，言多必失；看不惯的事情要忍，自己不能改变世界，只能改变自己……"

麦刚知道，父亲在教育系统工作了一辈子，就是因性子直，爱打抱不平得罪了不少人。吃过亏的父亲是不想儿子步自己的后尘，盼望他比自己有点出息。

人啊，遗传这东西，无法轻易改变，将伴随一生。

麦刚每每想到遗传，不甘心，又不得不接受现实。

第五章

振海集团曾经在早西省的下属单位举办新闻培训班，过去按惯例对方会给报社发函或来电，请求振海报社支援。报社每次都会派人去授课，趁此机会约点稿件。

想不到的是，振海报社闲置不办报了，这个单位照例求援，将电话直接打给了麦刚，主要有两个方面的原因：一是负责人是老乡，彼此十分熟悉；二是需要有新闻专业的人去撑场子。

去，还是不去？去，不知单位会不会同意，如今没有任何隶属关系了，感觉有些尴尬。不去，多年老朋友，抹不开面子。

麦刚给吉福社长报告了早西省这家单位办培训班之事。吉福社长过去一直在组织人事部门工作，办事沉稳，遇事不露声色。他没有马上回答，而是点燃一支烟，深吸一口，浓浓的烟雾遮住了他的脸，麦刚掂不出他真实的想法。或许是麦刚无事找事，或许是麦刚给他出了难题，或许是……

白色的烟雾渐渐散尽，吉福社长说话了："只要是人家主请，讲课是可以的。"

麦刚连连说："是的，是他们主动请我的。"

"人家主动请的，没问题，去吧！"吉福社长明确表态了。

集团因改革没了，报社也因改革即将消失，再去曾经的下属单位授课，麦刚心里没了底，倒不是怕课讲不好，是怕身份变了再出现就变得尴尬。

麦刚不是新闻科班出身，但对新闻理论颇有研究，常在集团总部新闻理论刊物上发表论文，还出了新闻业务论文集《笔耕火花》。平时集团下属单位举办新闻培训班，常请麦刚去授课。麦刚每次去授课，提前精心准备，课件内容新颖。他讲的内容接地气，谈的多是自己在新闻采写实践中的经验，通俗易懂，通讯员都喜欢听他的课。麦刚还去西京著名的大学新闻系讲过课，和著名的教授争过讲课费。

授课的地点在早西省的京心市。京心市也是个山城，从西京过去，全是连绵起伏的大山，没有飞机，也没有直达的高铁，只能坐绿皮火车，路途长达九个多小时，还是在次日的凌晨下车，这在高铁四通八达的今天，是很少有类似的特殊情况。

　　下午三点四十分，麦刚从樱花湖旁的西京火车站上车不久，天空徐徐降下了黑色的大幕，窗外的景色朦朦胧胧，隐隐约约。火车铆足劲昂着头，宛如一条长长的绿色的巨龙，贴着地面呼啸着穿行在群山峻岭中。

　　记忆中，麦刚坐这种又慢又挤又脏的"绿皮车"，是十多年前的事了。考虑到路途时间长，麦刚特意买了张软卧票。这趟列车是由西京开往南部某地的始发车，人倒不是很多，过去扛着大包小包拼命拥挤的场景不见了，麦刚上车轻轻松松就找到软席车厢的包间坐下来。

　　二十世纪铁路运力紧张，常常一票难求，能买到一张硬座票就算很幸运的了；要想弄张硬卧票，非得四处求人；要说坐软席，这可是身份地位的象征，不仅价格昂贵，还需要开证明，一般有钱人也难以享受到这个待遇，乘警视这节车厢为重点警卫对象，路过的人都要仔细盘查。如今随着高铁的飞速发展，绿皮列车渐渐退出历史舞台，乘坐这种车的人也越来越少。至于软席，只要愿意掏银子，任何人都可享受，何况现在的人消费观念变了，有钱的都坐飞机或直接开车了，自然再也不会挤这慢腾腾的"绿皮车"了。

　　火车沿着山间疾行，窗外的灯火争相向后奔跑。麦刚坐在过道的凳子上，打量着外面的夜景，不禁怀念起自己的过去。这条铁路线他实在太熟悉了，二十世纪八十年代至九十年代，很长的一段时间，他往返老家都是乘坐"绿皮车"在这条铁道线上奔驰。

"昼短旅途长，何不书相伴？"麦刚半躺在铺位上，从包里找出新到的《读者》。平时在办公室忙忙碌碌，烦事纠缠，电话打扰，很难静得下来看看书，此际坐在封闭的车厢里，伴着列车咣当咣当的节奏声，正是读书的好时机。精致的封面，优美的文字，转瞬间就让他进入了另一个世界。

"闲，天定许。忙，人自取。"所谓忙里偷闲，人应学会偷取那些属于自己的片刻时光。这个卷首语中的一段话，深深地触动了麦刚，他每天都不知干了些什么，反正一天到晚都是忙，此刻正好偷闲静一会儿，留点属于自己的空间和时间，看看书，充充电。

"一日不读书，胸臆无佳想；一月不读书，耳目失精爽。"一本《读者》看完后，窗外早已星火点点，肚子开始咕咕叫唤了。简单洗漱一下，麦刚来到了隔壁的餐车车厢。这是"绿皮车"上的特色，高铁上无此享受。记忆中，曾经为打发漫长枯燥的旅途时光，好多人都喜欢从拥挤的车厢来到餐车车厢，点上酒菜，细嚼慢咽，边吃边聊，一坐就是个把小时，甚至更长的时间，尽管餐车上的饭菜不太合口味，但也是列车唯一可寻得片刻安宁的地方。

走进这趟车的餐车车厢，发现出奇地静，仅有三个客人就餐，且全是年轻人。两个餐车工作人员趴在桌上低头玩手机，根本无暇招呼客人，生意都忽视了。这是现代人的通病，大家每天都被手机束缚住了，做个"低头族"，因此浪费了好多宝贵的时间。

麦刚找个靠窗的位子坐下来，点了一盘回锅肉和小炒鱼块，外加一个萝卜汤。服务员听说麦刚要到京心市才下车，特意提醒他时间还长着呢，何不来点酒？边喝边欣赏车外的夜景，挺惬意的。想想也是，反正今晚有的是时间，便点了两瓶青岛啤酒。

菜很快就上齐，麦刚自斟自饮，倒也别有情趣。这时，天陡然下起暴雨，豆大的雨点拍打在车顶或两边的玻璃上，啪啪作响，窗外的灯火忽暗忽亮，过隧道时火车还发出一阵阵尖响声。菜的味道还不错，放了点辣椒，正合他的口味，尽管不能和地道的餐馆比，但在这简陋流动的列车上，能吃上热气腾腾的饭菜，他已经很知足了，这比起高铁上昂贵难咽的快餐不知要强多少倍。

不一会儿，餐车里就餐的人开始多了起来，麦刚见啤酒瓶也快见底了，汤也有些微凉，就请服务员帮忙热热，她爽快地端起汤就奔厨房。回头时服务员已坐在麦刚的对面，笑容可掬地问他还需要添什么菜，这么长的路途，要吃好喝好，把自己照顾好。听了这话，麦刚内心顿时涌上几丝温暖，职业的关系，他常年出差外地，每次都想路途越短越好。现在出行有了高铁，他早忘了坐长途"绿皮车"的滋味，忘记在旅途该怎样照顾好自己，甚至忘了旅途中的人和事，更无暇欣赏沿途的风景。

在咣当咣当中的"特殊音乐"背景中用过晚餐后，已近晚上十点，列车在黑黢黢的崇山峻岭中持续狂奔，雨仍没有停的意思，不时斜打在车身上，使车窗玻璃蒙上了一层灰色的雾气。大山里的深夜，加上下雨，气温明显下降了许多，上车时穿衬衣感觉有些热，此际过道上一阵风吹过，颇有几丝寒意。

回到软席间，麦刚本想卧床睡一会儿，可躺下后久久都无睡意，他干脆披衣出来走走。

软卧车厢其他包间的旅客都关门休息了，过道上一片寂静，偶尔有值夜班的列车员匆匆而过。麦刚在过道红地毯上开始踱步，从这头走到那头，又从那头回到这头，窗外一片漆黑，间或才有几盏昏黄的灯光一闪而过，思绪也同这趟列车飞驰起来。他开始梳理人生，梳理成功失败，梳理恩恩怨怨，梳理认识的人和事……其实人生也如一段长长的旅行，在途中有快乐也有无奈，有顺境也有挫折，有安静也有烦躁，有企盼也有失望，十全十美的事情真的很少很少，但最终的归途都是一个样，所以要倍加珍惜途中的点点滴滴，事事坦然面对。其实，该来的挫折、误会和纠结是绕不过、躲不开的。

走了一会儿，麦刚感觉有些累了，回到软卧包厢和衣躺下。一觉醒来，列车员正好敲门换票，提醒他京心车站马上就到了……

　　授完课，麦刚本想去毗邻的风景区梧源看看，见主办方的人都忙，自己的身份变了，又不好开口，也不想添麻烦，便识趣地打消了念头，决定直接返回。

　　坐在返回西京的火车上，伴随着火车的咣当声，麦刚想想自己的处境，心里五味杂陈。过去麦刚下基层，每个单位都会抓住难得的机会，热情邀请他去自己的单位看看，帮忙点拨写点稿件，加固感情。如今报纸没了，感情自然也就淡了，甚至没了。

第六章

　　暑期到了，西京这个有名的火炉也一天天热了起来，反正人员一直待分流，自己待在单位也没事，麦刚打算干脆回早西高乡老家避暑。

　　村庄站在那里，时间的印记，命运的轮回，都是那么清晰。一代代人出生，一茬茬人离开，在村庄，人如同庄稼，眼见着长大，眼见着衰老，眼见着先后被收割。

　　"少无适俗韵，性本爱丘山"是魏晋陶渊明的山居情结，"迟日江山丽，春风花草香"是唐代杜甫的山林雅境，"绿遍山原白满川，子规声里雨如烟"是宋代翁卷的山川美卷……古今仁者乐山，对山居的向往，自古便印刻在国人的内心深处，甚至有人认为，山居生活，是一种人生态度，更是一种独特的生活方式。

　　麦刚打小生活在山村中，尽管没有诗人看山的境界，但他离开山村寄居都市后，常常梦见山村，有空就想回山村居住几天，或是更长的时间。似乎在村里，他的心才会静下来，于是便更觉得这是自己真正的归宿地，因为在都市无论自己怎样融入，仍难掩过客的味道。麦刚记得，童年时山村塘边田间多有趣，对小时候的自己来说，那是一个遥远、神奇、辽阔到近乎天边的地方——塘边初芽的垂柳，似一幅田间小品，拉起写意的一条红线，系在村口的时光画卷中。晴天时，天空映衬的塘水湛蓝，一色村塘，自在清魂。

　　政府因搞开发，麦刚祖辈居住的村子被征用了。村子被推土机推平，麦刚只能随村民一起搬迁到临近小镇的河边。兄弟俩连着建起两幢三层楼房，哥哥居西，麦刚居东。自己老家有房子，麦刚每年休假喜欢回家住。新屋大门正对一座百年古桥，背靠一座小山，前临一弯小河，视野开阔，院外是绿色的田野，两旁是高低起伏的农舍，斜对面是书声琅琅的学校。

　　院子里绿树成荫，百花争艳，鸟语啁啾，蜂飞蝶舞。前院，树的品种繁多，有热闹大气的樱花树，有沉默不语的铁树，有玉树临风的红豆杉，还有蓬勃疯长的无花果……屋后，种的多是果树，柿子树年年挂果，梨树上的梨子又甜又脆，柚子树上满是黄色的灯笼，枣树上青红的枣子常留给鸟儿品尝，高大的银杏树最为扎眼……

　　麦刚回家发现，总有几只鸟儿在院子里歌唱。它们想在院子里的树上筑巢，无须和主人商量，更不用办暂住证，随便选个茂密的树丫，衔来田里或山上的茅草，搭建个遮风挡雨的窝，天天便可与主人为邻。鸟儿在这里落户，吃喝不愁，饿了，树上树下草丛中四处是虫子，还有特意留在树上的果子，渴了就飞到墙外的小河里喝水。

　　每天清晨，麦刚在鸟儿叽叽喳喳的叫声中醒来。院子里有了快乐的鸟儿，充满了无限生机。瞧，一群灵动的鸟儿嗖地从桂花树、柚子树和银杏树上飞起，像风卷动的几片落叶，在天空划出几道优美的曲线，然后落在树下的草丛中，落在逶迤的围墙下，落在阳光下打盹的母鸡身边。一阵欢快的叽叽喳喳，或是在窃喜，或是在庆祝，小小的躯体，快速仰俯、跳跃。几粒草籽、残留的秕谷，甚至禽畜们嘴巴下的残渣，足够填饱它们弱小的肚腹。吃饱后的漫长时光，鸟儿则用来跳跃和歌唱，用来休憩和飞翔。

　　莫叹鸟儿早，更有早行鸡。鸟儿未起床，母鸡早就从窝里溜出来了。早起的鸡儿有虫吃，它们首先冲向的是树下的草丛，寻找那些昨晚掉下来的虫子，还有未来得及躲藏在落叶中的虫子，先垫个半饱，等主人早饭后喂食，再撑个全饱。母鸡一边机警地地毯式搜寻，一边歪着脑袋打量门口，时刻关注主人的动向和声音，只要听到"啾啾"的吆喝声，便会撒开双腿，直奔屋后的鸡食盆，生怕自己落后少吃了谷子。

　　院子东面有口小池塘，塘水像镜子倒映着蓝天白云，小鱼在水面上嬉戏，大鱼浮上来悄悄地吃草，间或有只青蛙扑通跳进水里，惊得鱼儿四散。蜻蜓在水面飞翔，累了就落在塘边的水泥栏杆上。鸟儿有时会来凑热闹，落在栏杆上，悠闲地踱着方步，相互打闹，有时也会吼两嗓子。

　　围着池塘半边的是大小不一的菜地。菜地里四季绿油油的，春有白菜，夏有辣椒，秋有青菜，冬有萝卜，常年有的是小葱和韭菜。南瓜好种，粗壮的绿藤爬上了树梢，翻过了围墙，一个劲地疯长，那一个个圆鼓鼓的瓜悬在空中，给院子里增添了丰收的喜悦。

　　"好是春风湖上亭，柳条藤蔓系离情。"栖居小院，煮上一壶香茗，品酌流芳的同时，或手执卷册赏析千古文风，或点拨勾勒院子里的诗情画意，抑或是与友人于此间畅谈天高海阔，悠然自得间，尽享田园生活之大美。这一方新庭院，让麦刚找到了乡愁，找回了老屋院子里的熟悉感。

　　其实，院子不仅是一种生活方式的简单铺陈，更是一种深入血脉的文化基因，体现着国人崇尚自然、与自然交融的世界观。避开闹市，拥有安然、静谧的私享空间，进而成就返璞归真的精神境界。

　　游子的诗和远方，寻寻觅觅，其实就在这温馨而又充满乡土味和烟火味的庭院里。

　　暑期，家乡白天也热。麦刚猫在空调下，写点自己喜欢的文字。

本想在老家多休息几天，这时单位来电，称榕州集团办公室要来报社考核干部。麦刚不太想回去，这样的考核肯定是例行性地走过场，不可能会用报社的人。但想不到吉福社长对此事非常重视。

吉福社长对麦刚说："老麦，回来弄不好还有机会，不回来可能一点机会都没有了。"

麦刚听到这话，有点动心了，一则自己资历深，任职时间长，按常理机会该轮到自己了，真的不能错过；二则自己要是没回去，将来错失机会，也会有口难言，最后他决定回去。

麦刚当天启程，从老家坐高铁回到了西京。带队考核的干部是从振海集团分流出去的，过去彼此熟悉。曾经是同事，如今成了考核自己的领导。

麦刚觉得报社的人好可怜，别人都闪了，都是对等职务的安置，唯独报社还在等待。

找麦刚谈话的也是曾经集团人事部的干事，过去每天都在食堂或会场碰面，还和他一起下过工作组。麦刚满肚子要说，但想起父亲叮嘱的话，他只重复说："听从组织安排。"

言多无用，因为报社是待整编单位，在新单位肯定没有任何竞争优势。

最终的考核结果，正如麦刚预料，报社无一人提升，就连平调任职的都没有。

考核过去没多久，报社朱星社长在新组建的东海集团部门任正职，随之将留在报社的秘书和另外几人调过去了。报社还有两人通过私人关系，去了东海集团新组建的生产技术部。

树倒猢狲散，散是正常的趋利避害，树都没有了，猢狲肯定是要走的。报社的人坐在办公室里想出路，回到家找出路，甚至也在梦里寻出路，只要有点缝隙就去钻，不钻一点希望都没有，等着失业丢饭碗。

集团总部生产技术部组建一家新报社，振海报社推荐了两个年轻人去帮助工作。另外三人通过自己的努力，借调到集团总部帮助工作。

人员不时流动，人心更不稳。眼见别人有了出路，留下的人焦虑不安。那些日子，剩下的人各怀心思，但守口如瓶，生怕自己的心思被他人识破，机会被他人抢走。麦刚推开每个同仁办公室的门，不是在打电话，就是在翻手机联系人，目的很明显，正找出路。

报社年轻记者樊伟首批分流，另有两人申请提前退休。

有人走，无论如何还是要送送。在送行晚宴上，气氛沉闷，走的人自然不痛快、不甘心，送的人心知肚明，大家都沉默，不愿多言。

吉福社长为打破沉闷，请走的人说几句。樊伟站起来，陡然失态，痛哭出声，场面压抑。他儿子在一旁悄悄拉了拉父亲的手，显然是安慰父亲，提醒他克制。

　　看到这一幕，麦刚心里一阵难受。人是感性动物，突然离开熟悉的单位，丢掉热爱的专业，一时难以拐弯，感情更难接受。新闻人一直是教育别人，做别人的思想工作，想不到改革后，如今需要别人来做自己的工作。未经他人苦，莫劝他人善。麦刚想着将来自己离开，恐怕就没人送了。

　　每天都在等待，从春等到夏，从夏等到秋，麦刚在坚守。

　　霜染枫叶落秋池，梧桐深深深几许。

　　等待，大院子里柳叶黄了，美人蕉叶片枯黑，花盆里的花都凋零了。而唯有这一丛丛、一束束秋菊有副傲骨，给初冬带来了希望和活力。

第七章

　　吉福社长被派去党校学习。榕州集团本来想平调安排他去下属某单位任职，但该单位下步还要降级，他不想再折腾，没去。最后，集团领导将他和其他富余的干部安排去党校学习，先缓解眼前干部富余的困境，待下步有位子再安排。

　　改革后，报社原有的经费动不了，也无人管，大家办公或出差开支一直自己垫。经过大半年的协调，终于可以报销了，但什么都变了，福利没了，正常的接待也没保障，只能自己掏钱。

　　时光飞逝，转眼进入十二月，西京梧桐黄叶开始飘落，第一场雪比往年来得更早些。

　　早先集团一直坚持派班车接送员工上下班，东海集团成立后，班车时开时停。

麦刚踩着厚厚的积雪来到办公室，单位楼上楼下不见一个人，只有他按时上班，让报社还有点人气。麦刚常想，是不是所有被撤销的单位都是这样的衰败的境况？

苦苦等待一年，年底没有总结，没有表彰，没有奖金，什么都没了，麦刚甚至怀疑自己还是不是集团的员工，这种局面到底还要持续多久？

春节临近，往年这个时候报社很忙，不是搞春节栏目策划，就是要完成整个集团年终总结和各类表彰活动的宣传，同时还要筹划报社新年度的宣传计划。但今年一切都变了，报社和麦刚一起闲了下来。

反正没什么事，难得清闲，妻子也可以休假，儿子的寒假放得也早，麦刚决定今年提前回老家过年。

麦刚以往回老家多是坐高铁，不太想开车，主要是太累，路上车多又危险。今年妻子却坚持要开车回去，麦刚只得同意。人倒霉时什么事都会遇到，在西京与邻省交界处，他们的车被人追尾，好在没撞到人，但车的右后轮被撞扁，翼子板也变形裂开了。报警后，高速交警赶来收了麦刚的驾驶证，让麦刚坐上拖车，跟着车子到了当地乡下偏僻的修理厂。等了许久才弄明白，交警不会来厂里处理，而是要自行去交警大队处理。

麦刚只好匆匆打车到交警大队处理事故。

等麦刚和肇事司机赶到交警大队时，恰好午饭时分，工作人员关门吃饭去了，根本顾不上办事的人急着要赶路。

　　麦刚只好坐在大厅耐心地等，前后花去近三个小时。上午九点多出的事故，在交警大队办完手续，再到修理厂办完保险理赔，已是下午四点多。车子在修理厂换了个新轮胎，翼子板厂里没货，要等春节后。接待麦刚的业务员说车不能再开了，建议留下，人先回西京，过完年车子维修好后再来开。

　　麦刚好是为难，回西京是可以，但满车东西不好处理，有的还会坏。再说，今年真不想留在西京过年。妻子和儿子听麦刚的，麦刚一时也没了主意。

　　思考再三，麦刚给在当地交流任职的老领导打了个电话，想请他找个熟悉的车行看看，能否修好回去过年。老领导听完情况，"啊"了一声，让麦刚找个部下，随之发来个手机号码。麦刚与其通上电话，刚介绍完情况，对方就冷冰冰地拒绝了。

　　麦刚有些后悔，真不该打这个电话，但妻子和儿子都在焦急地等着车修好回去。麦刚和这个老领导没私交，在单位纯粹是工作关系，加上现在单位没了，如此对待他也属正常。

　　世上还是有好人，厂里的祁师傅见麦刚一家人这么为难，主动站出来对麦刚说："不要急，我试一下车就知道能不能再开。"

　　麦刚似乎在黑暗中看见一丝亮光。他陪着祁师傅上车，一会儿踩着油门加速，一会儿紧急刹车，在厂区转了一大圈。最后祁师傅拍着胸脯对麦刚说："刹车和方向盘都没问题，没事，放心回去过年吧！"

当时麦刚双眼里有种热辣辣的东西在涌动。快过年了，车坏在路上，叫天天不应，叫地地不灵，终于遇上个热心人。

麦刚开着用铁丝捆扎好翼子板的车，一路小心翼翼，直至次日凌晨两点多才回到旱西高乡老家，人都快要累瘫了。

第八章

春节过后，好消息未等到，坏消息倒是来了——继续加大人员分流力度。

吉福社长打电话给麦刚："老麦，你有何打算，单位马上不存在了，继续等着一不能调职，二没福利，分流到西京市是最明智的选择。"

麦刚甚是为难，这把年纪，跨行去新单位，职务没了，一切都要重新开始，很难下决定，就回复吉福社长："等等再说吧。"

榕州集团办公室牛副主任从前搞过宣传工作，自称对新闻很热爱，写过不少好作品，特意到报社来看看大家。

"振海报社早有耳闻，人才济济，名气响亮……"还是和榕州集团贾书记相似的话术，先把报社表扬一番，捧得很高。说完，牛副主任话锋一转："大家还是要认清形势，正确把握机会，该走的还是要走的，不能再等待观望了，下面的形势对大家更不利……"

听完牛副主任的开场白，方才明白来意，原来是来赶大家走的。

坐在台下的麦刚心里难过。三十年河东，三十年河西。过去经常宣传别人正确对待走与留，如今自己也面临分流，甚至成了无人接收的包袱，被弃置不用的累赘。

榕州集团分给报社五个分流指标。谁走谁留，是个难题。吉福社长特意从党校回来开会做工作，动员大家理解组织，支持改革，服从大局。

社里四个老同志看大势已去，留下没多大意思，主动申请提前退休。

剩下一个指标，该谁走呢？吉福社长面对面逐个问，大家都不想分流，年轻的更是不想走。

吉福社长最后问的是唯一的女编辑米亚，米亚顿时哭着说："只要有一线希望，我都不想走，争取干到退休。"

她这一哭，梨花带雨，气氛尴尬，令人压抑。

吉福社长不好再多说什么，只好宣布散会，同时提醒大家："回去在办公室不要走开，等我电话。"

大家回到办公室，心绷紧了，生怕自己办公室的电话铃声响起，指标会摊到自己头上。

　　直到中午下班，麦刚的办公室铃声未响。当然，麦刚也想清楚了，要是真叫自己分流，就走吧，或许早走早好，年龄是大了一点，但这也不失为一条出路。

　　下午才知，总编室主任章河主动同意分流。在这种形势下，报社剩下人的心总是提着的，甚至惴惴不安。面对报社这艘即将沉没的船，命运早已不是自己能做主的了，只能随波逐流，听从命运的安排，走一步算一步了。或许眼前留下来的人，并不是幸运。

　　后来通过做工作，总编室主任章河还是留了下来。

　　榕州集团给振海报社一个正处交流指标，地点是早西省的下属单位。

　　是高兴，还是难过？恐怕更多的是难过。因为通知中明确指出，只能是平调，不能提升。这在过去，集团机关的处长是不会轻易下去的，即使下去，也是西京或周边好的地方，早西这样的地方是不会去的。即便是这样的位子，报社也泛起了涟漪。群联处处长易刚最终还是同意去，毕竟有个位子，以后的形势根本无法预料，弄不好还会更糟。

　　报社这艘船每天都在加速下沉，留下的人每天都能感觉到。又一阵山雨扑来，榕州集团先是派人来报社调研，后又派办公室副主任宋木逐个找大家谈话，明确告诉大家："榕州集团接收振海集团的四个单位进行合并，人员统一到榕州这边办公。这四个单位除了报社，还有演出队、电影队和创作室。"

风起，风去。麦刚已预感到自己最后的结局，开始每天从办公室往家搬东西，反正也是早晚的事。孔夫子搬家全是书，都是多年积存下来的，有的书从未看过，还是新的，正好边搬边翻阅一下，算是读过了吧。

晚上吃饭时，麦刚对妻子说："搞不好我要到榕州这边去上班。"

妻子沉默了好一会儿才说："你这么老的同志不能不去？"

麦刚说："天要下雨娘要嫁，这是难以选择的事。"

集团总部开始清查人员，外出抽调帮忙的人，没履行正规手续的一律要回来，所有人必须在位。冷清很长时间的报社，又开始热闹起来，开会，再开会，还填写各种表格，补齐各种记录。

后来方知，另一个集团的干部出事了，在网上公开发布对改革调整不满，说了许多过激的言论，影响很大，此人被严肃处理。集团总部下决心对改革调整编余的干部及相关人员进行大清查，确保不出类似的问题。

来振海报社清查干部的是集团总部人事部的副部长。此人坐定，官气十足，拉开架势讲了两个多小时，东拉西扯，几小点老是颠三倒四，没个主次，让麦刚听得云里雾里。过去集团人事部的副部长是不敢轻易在这班文人前如此张扬。如今报社快没了，谁都可来作个指示。

第九章

几天过后，振海报社并未接到解散的通知。事后方知，榕州集团单方面上报的解散报社的方案，集团总部没批。听说有人写了个内参，主题是新闻单位改革造成大量人才流失，损失巨大，方案欠妥。集团总部领导批示：新闻单位改革暂缓。

早上上班，麦刚进东海集团大厅时，保安队队长胡四海带人在门口打扫卫生。他见东海集团的人频频笑着点头打招呼，唯独对麦刚视而不见！胡四海显然早知道，报社在大楼里已成弃子，暂借此楼办公，早晚得滚蛋。人心啊，真难料。胡四海的儿子在下属单位工作，他儿子单位为了完成报道任务，胡四海多次找过麦刚，麦刚每次都二话不说，很快就把稿子弄出来了。现在胡四海见麦刚没用了，不想再搭理。人咋这么势利呢？麦刚的心好凉。

榕州集团组织干部理论集训，还是过去的老方法，覆盖全员。这样的待遇，报社竟然没有被落下，被特意安排到集团在西京的下属单位听课。偌大的会议室里，只有稀稀拉拉几个人。改革调整之际，大家学习的积极性可想而知，说不定今天在这里开会，明天就会被分流到其他地方，或是编余退休。

麦刚记得过去振海集团文书记讲话稿一般在 30 页左右，还会夹两张小纸条，讲话一展开就是一上午，午饭也难准时。文书记早先是大学哲学系的教授，每次讲话三句不离老本行，喜欢将晦涩难懂的哲学搬进来，让台下的人听得云里雾里，哈欠连连，或许他觉得如此方能显水平。而榕州集团贾书记的讲话稿竟然长达 40 多页，一个更比一个长。中央提倡写短文、开短会多年了，看来刹长风，关键是要正作风，改观念。

麦刚坐在会议室听了一会儿，没有什么新意，许多提法似曾相识，借故溜出会议室透透气。向窗外眺望，楼下的一切麦刚太熟悉了，因为他就住楼下的巷子里，是集团分的经济适用房，让他在西京有个落脚之地。麦刚曾在下属单位为房子的事犯难许久，后来一家三口还是在单位放电影的器材室过渡了一段时间，才分到一套小房子。其间，有个财务助理员还想横插一杠子抢房。好在单位章根主任关爱部下，将抢房者批评了一顿，房子才保住。这世道，麦刚早就看出门道，恶人总是横行，好人多是吃亏。

　　闲了下来，麦刚的身体出了小恙。他去集团医院取药，回来的路上碰上生产技术部下属单位的苏锋。苏锋曾是单位的宣传骨干，过去常与麦刚打交道。苏锋对麦刚说："老麦，我今年被分流了。"

　　麦刚笑着说："年轻人，有特长，有闯劲，分流越早越好！"

　　分流成了老朋友见面聊天的高频词。改革元年，人人都面临多种选择，不是今天分，就是明天分；不是今年分，就是明年分，早晚都要分。

　　晚上，麦刚实在不想动笔，躺在床上看电视纪录片。这部片子讲的是宇宙的起源与归处，一百万亿年之后，最后的一颗恒星——红矮星也将熄灭，那时候宇宙将重新回到黑暗，回到混沌，日月星辉的世界将永不再现。

　　看着屏幕上渐行渐远、渐渐熄灭的红矮星，麦刚心里凄然，这世界没有永恒，一切终将会消逝。正如好好的报社，突然就遭变故，自己还落魄成这样，这是谁也无法料到的，也是非常少见的。

　　在一个无常的世界里，一个人能抓住什么呢？唯有把握现在，把握眼前的机会，还有宝贵的时光，不让每一日虚度。

第十章

立夏过后，天渐渐热起来，稍微动一下就一身汗。

麦刚照例起早，在小区旁边的皇宫遗址公园走了三圈，差不多三公里。这是他保持多年的锻炼习惯。

威严皇宫早已不在，只剩草丛旁的几尊石墩。每次进公园，麦刚喜欢打量草丛中这些白石墩，方方正正，四周满是岁月划过的印痕，还有石匠雕凿时留下的清晰记号，小的有几百斤，大的则有一两吨重，有的边角残缺，三四个成年人都无法搬动。麦刚常想，当年入宫前，这些石墩原本隐居在崇山峻岭，或是傲立江边峭壁，从不关心朝代兴衰，也不羡慕宫中荣华，低调而不张扬，与清风做伴，与雄鹰为邻。不巧某一天被精明的石匠相中，从此改变了命运。叮叮当当，经过千锤万凿后，成了今天这个模样，一架架吱吱呀呀的马车或是牛车，将它们拉进了宫中，从此远离故土，或安放在金龙盘绕的巨柱下，或蛰居在金碧辉煌的门柱下，天天近距离目睹宫中奢华森严的生活，见证至高无上的皇权，览尽朝代更迭的风云。

世事无常，祸灾难料，皇宫亦如此。毁掉这闻名世界的皇宫首先是天灾——五月天大风起兮，拔太庙树，摧大祀殿及皇城各门兽吻；雷电也来作怪，殿中不幸被雷击中起火，损毁严重；还有一场暴风雨，水淹宫殿，将寝宫阙城垣皆冲坏……加上后来迁都，此皇宫闲置，无法及时修缮，往日称雄世界的宫殿，渐渐衰败。宫中这些石墩的命运也随之改变，要么泡在浑浊的泥水中，要么被弃于荒草杂叶中，它们天天怀念山中清静的日子，想念江边临风不惊的岁月。

"一国兴来一国亡，六朝兴废太匆忙。南人爱说长江水，此水从来不得长。"毁坏金碧辉煌的皇宫更多的则是人祸。清军曾将皇宫改为八旗驻防城，这是它首次遭到人为破坏。

在那个积贫积弱、任人宰割的年代，有个英国人也在此肆意破坏皇宫遗迹文物。他在建造饭店时，竟无视清朝法律，野蛮地强行从皇宫遗址拆走7块石刻和3对石狮，为遗址再添新"伤疤"。

当年国民政府和官员同样缺乏文化遗址保护意识，建机场本可有四处选址，可选来选去竟看中了皇宫遗址，只因其中间有块偌大的空地。于是，他们将午门的双阙拆除，仅保留一座三孔门洞，致使仅存的遗址遭受无法估量的破坏。后来为了修路，又把皇宫遗址断开分为南北两部分。更让人不可思议的是，国民政府官员修建自己的别墅，同样愚昧无知地从皇宫遗址上"调用"一批精美石雕装饰在自己的石屋前。要是皇帝回宫瞧瞧，见如此破败，必定龙颜大怒。

直到西京解放，对皇宫遗址的肆意洗劫才真正结束。在有关专家学者的呼吁下，新成立的政府下令保护皇宫遗址。考虑到当时条件有限，将约350个石柱础就地深埋，待条件允许再说。曾多次听老西京人介绍，解放后皇宫里曾树阴蔽日，草木茂盛，常见野兔出没。

中华人民共和国建立初期，皇宫遗址里过去那些深埋在泥土中的石墩，又一次被改变命运，被逐个挖出，洗尽泥沙，重见天日。那些散落在周边居民区的石墩，也陆续找回，回到"宫中"，与其他"兄弟"团聚。草丛中这一个个无言的石墩，任何时候都不该遗忘它们，冷落它们，更不能破坏它们，因为它们是历史的记录者，是朝代兴衰的见证者，更是天灾和人祸的承受者，其历史和文物价值无法估量。

昔日皇宫的繁华荡然无存，只剩草丛几石墩。这个破败的结局，皇帝当年是不曾想到的。每个人赤条条地来，赤条条地去，无法带走任何东西，皇帝也如此。

行走在皇宫遗址公园里，每个人或许都有所感悟和触动。人生如此短暂，苦苦追求的许多东西，其实最终都不属于自己。比如曾经热闹非凡、人才济济的振海报社，说没就没了。

麦刚早先住振海集团大院时，院子外就是樱花湖，麦刚喜欢在湖边散步，闻湖上荷香，赏湖光山色。湖边走厌了，也可登银子山，走山间栈道，看古城墙，听林中鸟鸣，吸负氧离子。银子山海拔仅四百多米，是西京的母亲山，也是江南的名山，有"银陵毓秀"之美誉。

榕州集团计划为集团总部领导出本画册，由办公室牛副主任具体负责落实。报社目前工作清闲，正好可以承接这个任务。出版画册，报社熟门熟路，人才也有，文字更可放心。

牛副主任三天两头就给报社打电话，询问画册的进展。如此他还不放心，甚至专门从榕州打飞的亲临报社指导，把关筛选每幅图片。

振海报社即将解散，榕州集团给了新任务，让闲着的同仁陡然又有了工作，参与的人积极性挺高，甚至还加班加点，想方设法查找相关图片，然后一张张精选。

麦刚没有参与画册出版事务，因为想干的人多，加上他明白，为领导出画册是有规定的，要求甚严，这样没把握的事，还是不干为好。

报社早就开始垫资办公了，牛副主任来了，不能白开水招待，秘书翻遍办公室角角落落，实在找不出一片茶叶，只得向麦刚求援，以私济公一下，真让人搞笑。或许没落的单位，随便总结总结，都有一串没落的笑话。只是麦刚不想笑，也笑不出来。

报纸停刊一年多了，闲置无事的麦刚总算有两喜，一是今年清明节回老家深山游览时，意外发现山中有个神秘的王家大屋，有个名人带着队伍曾在此住过了一夜。麦刚撰写的散文《隐在大山深处的王家大屋》，在集团总部报纸副刊头条刊出，篇幅占大半个版；二是去年撰写的《博士驭长风》获"改革与你同行奖"。

麦刚闲不住，既然新闻工作突然中断，就应准备尽快转身，走探索文学之路。

下派任职的群联处处长易刚给麦刚打电话："老麦，报社有何消息？人员咋安排？"

麦刚心里陡涌失落："还是无休止地等，结果可能不太理想。"

易刚说他也非常难受，只是换个办公室等。他调去快两个月了，正式通知至今未下，还在机关帮助工作，整天无所事事，真不知要等到哪天。

刚挂断易刚的电话，手机又响了，是曾在振海集团生产技术部工作的郑西打来的，他看到集团总部报上刊登了麦刚的散文，特意来电祝贺。郑西顺便询问报社的情况："老哥，你下步如何打算？"

麦刚直言告诉他："老弟，处境不乐观，摆在眼前只有两条路——一条是分流，另一条是提前退休。因年龄偏大，我或许只能选择后者，好的路全堵死了。"

郑西叹息。这次振海集团改革，麦刚知道郑西的前景也不乐观。

通完电话，麦刚抬头打量窗外，乌云笼罩，一场大雨即将扑来。

麦刚清早起来散步，碰见曾在振海集团办公室负责法律事务的谷少，他和麦刚共过事，彼此非常熟悉。谷少被分流在改革留守办。改革留守办是个大杂烩，没地方分流的人都进这个办，说白了是暂时缓解遗留问题，再慢慢地将人员分流，前景不明。谷少本想今年主动要求分流，可改革留守办非要留他一年。

谷少对麦刚说："明年一定要分的，等下去是没有任何结果，只能把自己熬老，甚至熬死。"

晚上，麦刚看刘衡的散文，里面写张姓老干部到广东肇庆任职期间的生活，有几句话让麦刚深有同感：

有工作就工作，

没有工作就写作，

两者皆不能，

读书，积累，思索。

　　麦刚眼下的处境和心情，和张姓老干部相似，单位快没了，但唯一不同的是还可以自由地写作。脑子不能停止，有时间就写作、积累和思索。新闻人，永远在路上，永远在思考，永远在桅杆上瞭望，洞察前方的一切。

第十一章

麦刚工作不顺，遇到不开心之时，常与在西京工作的高乡老乡对比，就坦然多了。

上午麦刚在办公室发呆时，手机突然响了，是麦刚老家毗邻镇的小老乡大兵来电："麦哥，好久没见你了，晚上请你和几个老乡到我家聚聚，早点来打牌。"

麦刚对大兵多少有些了解，个儿不高，微胖脖粗，起初在上海做生意，后在合作伙伴的带动下，来到西京银子山下的海底世界门口开鸭血粉丝汤店，至今已有十余年。在旅游景点开店分旺淡季，生意时好时坏。大兵住西京东郊，他把弟弟也带出来了，在老街孔庙这边开店，专卖当地的酥糖、盐水鸭等土特产。

反正下午也没什么事，麦刚午休后打了辆车，穿过西京古城墙门，直奔东郊的大兵家，和老乡们打了会儿牌。西京打扑克牌盛行，纯属娱乐，与赌博不沾边。起始打五十K，后来是打八十分，现在流行掼蛋，将打法全综合起来了，看似容易，打好不易，需要对家相互配合，还是有点难度。

大兵和他弟弟在老小区同单元、同楼层租了两套房，两室一厅，陈设尽管有些简单，但仍不失家的温馨，尤其是厨房里蒸腊肉溢出的香味，瞬间将麦刚肚里的馋虫都勾出来了，有点回到老家的错觉。

说起在西京的高乡老乡，还有个叫麦子波的。麦刚认识麦子波是在老乡会上，一问得知两家相距挺近，又是同姓，自然来往变多。麦子波初中未念完，本想坐火车去鹤市打工，结果在火车上睡着了，一觉醒来便到了西京。麦子波没有再去鹤市，在西京从学理发起步，赚到了第一桶金。他后来在西京西水区办了个水泥涵管厂，厂里吃饭打牌方便，麦刚经常去。五年前，麦子波的水泥涵管厂生意红火，不料出了个生产事故，受到当地安监部门的处理，只好被迫卖掉一半厂子，如今只剩办公楼和部分冷库出租，听说厂子马上要拆迁了，或许以后再去他厂里活动就有次数了。

不知明天和意外哪个先来，正如麦刚的报社，改革一阵风吹来，就快吹没了。曾经在外人眼中，麦刚捧了个铁饭碗，想不到是个泥饭碗，如今也待岗，甚至要失业了。

　　麦子波的姨妈和父母、妹妹帮他照料厂子。麦子波的姨妈厨艺不错，烧的全是家乡菜，麦刚每次来这里都会吃撑。麦子波父亲在厂门口种了不少菜，今年没去年种的品种多，但辣椒种得不错，让麦刚摘了一大袋回家。

　　和舒服的人在一起是养生，和聪明的人在一起是养脑，和有趣的人在一起是养心，和漂亮的人在一起是养颜，和三观不同的人在一起就是慢性自杀。麦刚庆幸，无论在单位怎样落魄，老家的老乡们依然不离不弃，相互间没有利益牵扯，没有职务高低，只有舒服和开心。

　　西京今年的梅雨与往年相比来得有些迟，前几天外地大雨倾盆，甚至在南部部分地区已形成洪涝灾害。麦刚等梅雨等得有些着急，因为他盼望来一场酣畅的雨，冲刷灰蒙蒙的城市，冲刷阴郁的心情。今天终于盼来了雨，电闪雷鸣，倾盆而下，雨越下越大。

　　住在麦刚楼上的老人兴趣使然，在花盆里试着种了彩色的辣椒，红的、黄的、紫的，多种色彩，十分养眼，小区的人每天来观赏她种的辣椒。

　　第二年，楼上的老人开始在花盆里试种小葱或青菜，依然长得绿油油的。三单元有个邻居，也在花盆里种了两株南瓜苗，后来竟然结了三个大瓜，喜获丰收。

　　麦刚妻子见邻居在花盆里种菜成功，也种了两株南瓜苗，一株西红柿苗。自从妻子种了这两盆菜，麦刚每天像养狗人家一样多了不少事，施肥、浇水、除草、捉虫，每天乐此不疲，反正闲着也是闲着，动一动，还能冲淡一些焦虑。

这天下午有空，麦刚趁着下雨，带上工具，下楼将种西红柿的小盆换成了大盆，这几个大花盆是他特意从大院的花房搬回来的。两株南瓜藤粗叶绿，主要底肥施得足，可惜种在盆里，要是种在地里，结的瓜一定不会小。昨天妻子惊奇地发现，上面已结了一个小南瓜。

种瓜得瓜，种豆得豆。或许人生也要如此，此地不让人耕作，可在别的地上再浇灌希望，人不能困在眼前的一块窄小的地里。

七一建党节这天，电视和朋友圈里处处都是关于党的话题，麦刚想起曾经办报，这一天会搞策划，写评论，尽量贴近党的主题。今天没平台了，也只能在手机上看看。

天忽晴忽阴，黑云笼罩，似乎要出梅了。知了在树上鸣唱，虫子也不寂寞，哼着不知名的调子。麦刚正当办公室写作，打草机响起来了，噪音让人无法忍受，只好起来走走。打草的工人总是在上班时间来打扰，不过打草时散发出的青草味道倒还是蛮好闻，有点像家乡山村的味道。麦刚小时候在山村天天以草为伴，割草喂猪、喂鱼，割草积肥。只是现在寄居城市后，麦刚与草有些距离了。当然城市的草也发挥不出多大用处，除了为大地增加色彩，就是被打草机打碎当成垃圾清走了。无论是人还是草，此一时彼一时，没了平台，没了希求，就会失去自身的价值。

铁打的机关，流水的员工。麦刚没想到，不到五十岁的他面临转岗。在近三百人的集团机关，干部调动、分流退休是常态。来，没人迎你；走，没人送你，一切静悄悄的。唯独记得有个姓楚的书记，他走时集团组织过大型欢送仪式。楚书记高升赴外地任职，走时是个清晨，天刚放亮，集团机关在家的干部在办公楼前列队欢送他，报社相关人员也参加了。麦刚记得自己站在办公楼前的旗杆下。楚书记微笑着，一一握手告别。

楚书记在位时，调动每个部门工作的积极性，办了实事，口碑不错。至今，振海集团的老员工提起他，都会情不自禁地夸他几句。

莫道一官无用，单位全靠一官。用好一个官，振兴一方；用错一个官，耽误一方，祸害一方。选个好官，非常重要，真的需瞪大眼睛，慎之又慎。因为职业关系，麦刚见过许多大小官员，工作中也常和官员打交道。总的来说，越大的官越和气，越好打交道，当然也有个别带点背景的官员，非常傲气，高高在上，目空一切。回头看看，这样的人任职几年，除了背景，啥也不会留下。

某日，麦刚和曾在振海集团机关工作的同事回忆往事，他说："官员走马灯，印象中只有刘书记是个有功之臣，为咱们大院修了几条路，建了几幢房，提了一批人。"

麦刚还记得，有个领导给大家买了一套运动服，早上加了瓶牛奶。还有个北方来的领导，双休日不提倡加班，鼓励多照顾家，多陪陪家人，也不要给他送文件夹子。

人过留名，雁过留声。为官一任，时间或长或短，守摊子是不行了，总得留下点什么，不然当其离开时，不仅不好向组织和群众交代，连自己的良心都会不安。

麦刚听一些领导离任述职，秘书为其准备十几页的材料，他在台上唾沫四溅地念，台下听的人却昏昏欲睡。为何？没干货，其实压缩成一张或两张纸就行，把自己干的主要成绩列出来，完全不必灌这么多水，因为你在位干了多少实事，部下心中有数，东拼西凑，真没这个必要。

网上常见一些下派代职官员晒出的总结，写成了一篇散文，文字是很美，排比对仗也到位，只是通篇没见其究竟代职为民干了啥实事，真不知上面派他来是干啥的。难道是来晒材料学写文章的，还是来抒情演讲的？

麦刚不禁想起当年被贬到广东潮州的韩愈。按理说，"南谪"到荒凉边陲之地，他躺平就行，无须认真，待时来运转，又会回京或派往其他地方为官。可韩愈没这么想，坚持为官一天，不管大小，立志为民干点实事。虽然在此只有七个月，他却十分勤勉，办学校，治水患，还为当地的农户引进了一些良种，顺便推广了"官话"。韩愈之前，潮州只出过 3 名进士；韩愈之后，到南宋时，潮州登第进士就达 172 名。书法家赵朴初曾这样评价韩愈："不虚南谪八千里，赢得江山都姓韩。"

第十二章

集团总部明确规定，改革过渡期间，暂没确定去处的单位，仍可留在原地办公。

振海报社剩下的人员只能暂时待在东海集团大楼西边一二楼里翘首以盼，等待靴子最终落地。

寄居别人的篱下，不和谐的事总会不请自来。

东海集团又出新规，食堂每天每人补助一元六角，外单位搭伙的人按市场菜价提价。

麦刚早先在集团的下属单位工作，机关食堂一般都有补贴，伙食不错，也算是给员工的福利。自从去年改革到现在，麦刚很少去食堂用餐，主要是怕异样的眼光，食堂工作人员对搭伙的人势利得很。白天待在办公室不出来，食堂也未见他露面，认识麦刚的人都以为他被分流或退休了。

　　闲着无事，麦刚就尝试学习写散文。他在集团总部报上刊登的散文《平凡小楼起霹雳》，反响不错。总部报社网络办的组长文洪曾和麦刚打过交道，他也来过振海报社。文组长特意将散文《平凡小楼起霹雳》在总部报社的微博上转发，图文并茂，好评如潮。

　　振海报社一楼小厅边门，过去是繁忙之处，如今因无人出入，台阶长草，空寂无声，成了猫经常出没的地方。麦刚站在门边，常想起柳宗元的诗句："千山鸟飞绝，万径人踪灭。"振海集团大院多野猫，这是麦刚进这个院子时就发现的。食堂四周，猫最喜欢出没，因为喜欢猫的人，常会带点吃剩的菜和骨头出来喂它们。

　　如今不办报了，人也闲下来，麦刚常在小厅里踱步时，喜欢悄悄地观察猫，可能它们都是晚上捕食，白天休息，慵懒地躺在台阶上或背阴处闭目养神。这天躺在台阶上的是只白色的猫，白中带灰，其实它的毛是纯白的，只是没有洗澡而已，要是像家猫那样清洗干净，肯定挺漂亮。这只白猫通体白色，唯独右耳朵至眼眶处有块黑色，像是人的胎记，与众猫不同，也甚是扎眼，使这只猫更显可爱。

　　麦刚羡慕这只白猫，因为它是只自由的猫，一只无忧无虑的猫，它根本不管这院子的主人换了谁，单位的称呼换成什么，也无须顾忌清规戒律、等级制度、统一着装和作息时间。院子的人都似流水，唯独它是永久牌。院子里进出的人员很多，谁提升走了，它也懒得抬头；谁退休了，也不想打招呼；谁斗争失败了，也不会安慰几句。反正它过它的自由生活，有太阳就晒一会儿，没太阳就躺在避雨处发会儿呆。实在无事，它就会找几个同伴对视一会儿，用猫语聊点陈年旧事或爱恨情仇。

流水般的光阴里，什么都在变。麦刚真想变成一只猫，一只流浪猫，一只开心的猫，一只无拘无束的猫。

第十三章

日子对于每一个人都一样，需一天天去过。不快乐是一天，快乐也是一天。如此，何不让自己放下眼前的忧虑和失落，快快乐乐地过好每一天？

单位没了，事业没了，连喜欢的工作也没了。麦刚突然间觉得自己和芸芸众生一样，普通平庸，既没飞出什么高度，也没悟出什么深度，可他还是觉得累，很累很累，这种累许多时候让他绝望到对生强烈厌弃。然而，他却仍然咬牙坚持着，不允许自己停下来，更不允许自己气馁，止步在某个终点。

中午回家的班车上，麦刚碰见楼下的邻居阿程。他曾在振海集团人事部门工作，刚分流出去不久。阿程对麦刚说："老麦，人走茶凉，过去上集团医院看个病挺方便，如今带老家的人看病，根本没人理，好是难堪。"

麦刚无奈地笑了笑说:"这很正常,社会就这样现实,在任何单位只有管住其帽子,人才会听话。"

麦刚其实这两天也协调过看病之事。振海集团医院是家老牌医院,在西京及周边省市小有名气,有的科室在全国也能排上号。此次改革调整,医院损失巨大,大量人才流失,有的科室的人全走了,在外面单干开医院。人才没了,医院还要运行,只能从人才市场招聘人进来填补空缺,在西京医疗界的竞争力直线下降。

振海集团下属单位的女员工邵莉低烧不退,她父亲心急如焚,带她在集团医院旁边的宾馆里等候一周多了,就是住不进院。无奈之际,邵莉的父亲托麦刚老家的兄弟找到他。麦刚在西京待久了,早体会到帮人找工作、看病是个难事,需要消耗自己的人际关系,简单来说就是要求人,欠人情。但现在自己单位快没了,东家也没了,更是难办。出于老家兄弟的面子,麦刚不好推辞,只得硬着头皮答应下来。他起初找医院的老马,他曾和自己一起在下属单位共过事。麦刚打通老马电话,说了情况,老马说他在开车,到医院再联系。麦刚耐心地等,估计老马差不多回到医院了,再打电话过去,一直没接。麦刚怕老马有事在忙,就给他发了条信息。等了一会儿,老马没回信息。

麦刚知道,改革后,过去的人际关系随之变了,显然人家是拒绝了。

那边人命关天，这边熟人难找，麦刚有些无助。救死扶伤本是医院和医生操心的事，现在竟然莫名其妙地转嫁到麦刚这里，他露出一丝苦笑。

麦刚思来想去，还是找医院的黄干事，一来让他知道此事，二来帮办后还可策划个新闻稿件。谁知黄干事当场拒绝了，并对麦刚说："这样的事没什么新闻价值，当然我也不太相信有此事，只要病情允许，肯定是能住上院的。"黄干事打起了官腔，麦刚真没料到。

改革前，麦刚对集团医院宣传曾经开过不少绿灯，有的先进典型他还亲自执笔写宣传报道。如今报社没了，麦刚的价值也随之没了，人家自然不会再理他了，更不会帮忙了。麦刚识趣地挂了电话，浑身冰凉。

第二天清早，邵莉父亲的电话把麦刚吵醒："老麦，我女儿昨晚烧得说胡话，可能会有生命危险，不能再等了，西京就认识你，请你一定要救救我女儿！事后我一定会重谢！"

麦刚是菩萨心肠，见别人有难就会帮。现在人家女儿有生命危险，不能袖手旁观。

找谁好呢？麦刚上班后，坐在办公室，脑海里将能帮上忙的人一个一个筛选，又一一否定，因为过去只是工作关系，没有私交，现在找过去只会自讨没趣。麦刚绞尽脑汁，头发薅掉一大把，终于灵光一闪，想起郊区疗养院的骨科主任成勇，他是麦刚老家高乡市的老乡，见过几次面，麦刚感觉此人不错，可以试试。麦刚给成勇一说，想不到他爽快地答应了，并让麦刚直接找普外科主任，报上他的名字就行。

麦刚找到集团医院普外科主任，报上成勇的名字，邵莉很快顺利住院。经抢救，邵莉第二天就退烧了。

过去，家乡这边，还有外地朋友，来西京求医的人，麦刚帮过不少，唯有这次印象深刻，非常难忘。只是至今未见过邵莉，也没见过其父亲，更莫谈什么重谢。对于此类的事，麦刚见多了，从不计较，算是积德行善吧。

第十四章

昨晚入夜,西京大雨,伴随大风。清早起来,天气凉快多了。

原本今天出梅,可梅雨一直未止,主要是前期西京一直没下雨,现在下了似乎有些收不住,总得要下过瘾。东南省周边省市正在抗洪抢险,大河大湖的水位告急。

麦刚从电视中看到,好多地方庄稼和房屋受损严重,看来今年的年岁不好!百姓年年企盼风调雨顺,可怎能年年如愿?人有旦夕祸福,月有阴晴圆缺。此事古难全,今夕又何能?

振海报社曾是个热闹之地,人员熙熙攘攘,电话铃声此起彼伏。如今,黯淡了刀光剑影,远去了鼓角争鸣。天天除了静,还是静,颇似被遗忘的角落。

麦刚写作累了,习惯到一楼小厅转圈,从左转到右是 33 步,从右转到左也是 33 步。天天循环往复,花开花落,真不知要往复到哪一天。

小厅中间摆着两张乒乓球桌，红双喜牌，是集团电影队配发的。集团曾有个副总发现这里藏着个舒适打球之处，特意交代报社将环境打造一下，用于他业余时间活动的场所。报社闻令而动，铺上塑胶地板，扛来了记分架，还配备吹风机。副总提拔到外单位任职后，记分架上很快落满了灰尘，吹风机早已不知去向。

幸好有这张乒乓桌，每天下午楼上总会有几个球友下来打球，打破了楼下的寂静，还带来了一点人气。

人的日常生活，常常是无序的。在无序的生活细节中，人的头脑常在无意间被"触头"触着，倏然生出一些小杂感。所谓"触头"：或是几节精彩的文句，或是与友人谈话时的意外撞击，或是某种情绪的突然涌动，或是一束小花对眼眸的一次撩动，等等，不一而足。

人人都有这倏忽间的小念头，但大多数的人并不曾留意它，任其自生自灭了。

有时，麦刚就十分珍惜"触头"，偶尔发现，立马引起重视，并找出与社会现实的引申和对照。

麦刚在办公室写作，总编室章河主任过来问个电话号码。他有些沮丧地对麦刚说："老麦，单位快没了，沦落到了连吃饭都解决不了，活着一点意思都没有了。"

麦刚深有同感。无论多麻烦，麦刚都坚持中午回家自己烧饭。

生活于被遗弃的人来说，有时真的非常敏感，甚至觉得毫无意义，眼前看不到一点希望。麦刚不由得想到一个作家的感悟。

日本著名作家川端康成半夜醒来，发现海棠花在夜间开放得最动人最忘我，便感叹道：自然的美是无限的，人感受到的美却是有限的；人感受美的能力，既不是与时代同步前进，也不是伴随年龄而增长。但川端康成并未因此而黯然神伤，而是自言自语地说："看来，要好好活下去。"

麦刚为哲人的豁达而感动。时间会让人忘记一切，时间也会让人看到美丽的全部，关键是要永远热爱生活，坚定信心！尽管现在暂时有些不如意，但麦刚相信，只要不虚度光阴，珍惜时光，做点自己喜欢的事情，就一定会有所收获的。

第十五章

　　麦刚坐在办公室一时兴起，想去樱花湖看看，反正待在办公室里除了写作，也没别的事。

　　出了集团的北门，穿过十字路口，对面就是西京著名的樱花湖。麦刚老远就能瞧见湖里的翠绿，也感觉到了暗香浮动。走近发现，荷花正艳。清水出芙蓉，天然去雕饰。碧绿的叶片上荷花点点，争奇斗艳，花香扑鼻。蝉在树上吟唱，蜻蜓在湖的上空飞翔，游人在争相拍照。在这个夏日的午后，城市一隅还真热闹，美不胜收。看来不能天天蹲在办公室，有空要出来走走，看看身边的变化，看看自然界的变化，看看城市的变化。每天置身固定的环境中，往往会忽视身边许多美好的东西，尤其会禁锢自己原本活跃的思维、开阔的眼界。还是得要强迫自己，跳出这个沉闷难受的氛围，去寻找美的东西。

　　记得有个故事，摄影师对一个"大仰角"拍了不下 10 遍，导演还是不满意。趴在地上的摄影师抱怨："我趴得够低了，你还想让我怎么样？"导演拿出工具，在摄影师趴过的地方往下挖了个深坑说："你的拍摄水平没有问题，只是你刚才趴得还不够低。"最终，摄影师趴在坑里拍出了最佳镜头。

　　返回的路上，麦刚有了许多的感悟。生活中，人们往往习惯于择高处立。实际上，如果趴下来，很可能会看到不一样的世界。从太空俯瞰，地球晶莹剔透，还裹着一层水蓝色纱衣；从海底观察，地球内部存在水循环和碳循环，既有海水渗入地壳，又有流体从海底溢出。如果说站位够高，有助于把握全局，那么趴得够低，常常能够避免被表象所惑，从而发现更多精彩，收获更多启迪。

　　偶尔调整自己的心态和位置，看到的将是非同寻常的视角，收获的是意料之外的东西。暂时忘记眼前的一切，或许真的能发现许多奇妙的东西。

　　报社秘书通知，榕州集团办公室牛副主任又打飞的来报社查看画册进展情况，人员都要在位。

　　麦刚没参与该画册项目，也不太关注此事，更不想去凑这个热闹，反正自己天天都在位。不过，牛副主任来报社主要关心的是画册，根本不会关注这些被闲置的人。

　　中午下班回家，班车上碰见报社老美工浩阳，不用问，肯定是抽他来设计这本画册的。他曾是报社的老员工，绘画、写字和版面设计是业内高手，在西京非常有名。他退休后，热衷旅游，走了十多个国家了。麦刚发现他的气色不错，主要是他有个好心态。他过去在报社一直忙业务，忙自己喜欢的东西，不必看谁的脸色，也不担心职务的升迁，技术级到时间就调，没人竞争，也不招人嫉妒，反而利于自己钻研技术、精进业务。更难得的是，浩阳刚正不阿，对自己的专业非常自信。麦刚记得报社还在老房子里办公时，浩阳在报社电脑房里指导一次重点策划选题的版面制作，社长过来否定浩阳的意见，坚持要按自己的意见办。

浩阳是出了名的性子急，当场发飙，丝毫不留情面："你这是瞎搞！会出洋相的。"

社长当时蒙了，为挽回面子，也回怼浩阳："你不要自以为是，该听得进不同意见。"

事后，社长想想，自己也是刚来报社不久，在排版设计方面是外行，所以还是尊重了浩阳的意见，并向浩阳道了歉。

回头看看，报社的人都得向浩阳学习，专业要自信，心态要调整，方能应对眼前报社被裁减等不确定因素的影响。

第十六章

报社这艘船在大海上急速下沉，下沉，远处是寒冷的冰山，风中裹挟着海水的咸腥味，麦刚和大家每天都能真实地感觉到。

麦刚坚持上班。进了办公室，他习惯泡杯龙井茶，浅浅地品几口，缕缕清香，尽情四溢，沁人心脾，甘醇韵味，瞬间让他全身充溢着一种愉悦的欣慰，暂且忘了眼前的不快和前景的担忧。

茶有千种，人有百态。不同的茶，有着不同的韵味与故事；不同的人，亦有着各自独特的人生轨迹。有的茶，清淡雅致，如同那些淡泊名利、追求内心宁静的智者；有的茶，浓郁醇厚，恰似那些历经风雨、仍不改初心的勇士。

麦刚觉得自己现在很像一片茶叶，每天都要滚烫的开水才能唤醒他的沉睡，激发出他的能量。喝茶是一种快感，也能品出世间况味。

西京火炉发威，持续高温，闷热难受，动一下就出一身汗，麦刚只能整天窝在空调下写作。

南部宽州一家报社的群联处方处长来西京，暑期几个家庭结伴出游。他们报社也歇业了，正在待岗。同是天涯沦落人，过去新闻单位是一家，谁有啥事，打个电话，热情相助。如今纸质媒体江河日下，在自媒体的冲击下，日子一年不如一年。两年前报社摄影室老尧去南部旅游，麦刚给方处长打过电话，方处长甚是热情，把老尧的住宿行程安排周到，而这次也要还对方一个人情。像这样的接待任务，过去是公对公，如今只能自掏腰包。真是此一时，彼一时，谁能料到呢？

安排在哪儿好呢？振海集团没了，人员大调整，归属关系改变，过去的接待关系也随之没了。

麦刚思来想去，决定安排在功英楼，靠家近，又是老接待单位。功英楼过去是振海集团的接待宾馆，曾辉煌过一阵子。不过，随着振海集团的结束，老店生意冷清，日子也不好过，每天路过，发现功英楼生意萧条，门可罗雀。

坐在办公室里，麦刚在手机上听邓紫棋翻唱的《存在》，歌词很快吸引住他了，拨动了他的心弦：多少人走着却困在原地，多少人活着却如同死去，多少人爱着却好似分离，多少人笑着却满含泪滴；谁知道我们该去向何处，谁明白生命已变成何物；是否找个借口继续苟活，或是展翅高飞保持愤怒，我该如何存在？我们卖力地走，却仍困在原地……

天天在这幢集团大楼中出入，过去是房东，如今成了房客，一个随时有可能被清走的房客。过去天天教育别人，正确对待改革调整，如今自己摊上，方知个中滋味。过去，报社似乎在集团领导眼中是红人，如今却成了无人问津的包袱，命运喜欢捉弄人。

昔日忙碌的办报人，如今困在看不到底的胡同，是天天无所事事地苟活，还是继续唤醒内心深处的激情，展翅高飞去寻找新的出路？

麦刚有时迷茫，有时坚定。

第十七章

高温持续发力，麦刚坚持上班。

蝉在大院路旁的梧桐树上鼓噪，让人心烦。

朋友圈里有篇文章引起麦刚的注意，标题是《愿你有一处小院，听风细语，种菜养花》。

麦刚在振海集团报社忙碌二十余载，眼下面临分流或提前退休。这个时候，麦刚常问自己，最想要的是什么呢？世界之大，事情繁多，想象也多，但麦刚真正惦念的，还是老家的一方小院。午后或黄昏，在门口的院子里支个躺椅，捧卷闲书，泡杯香茗，一旁趴只小狗小猫，不紧不慢，看繁花爬满篱笆，看小鸟在树上啁啾，看云卷云舒，和妻子一起，用最从容的心态享受田园生活，将灵魂安放在院子里，回归生命最初的状态。

在妻子的鼓励下，麦刚自办公众号的计划实现了。老媒体人进军新媒体，显然是经过一阵长长思考的结果。主要是传统的宣传模式早已根深蒂固，新媒体的套路陌生，一切需要重来，俯下身子，甘当小学生。

给公众号取个啥名字好呢？麦刚准备了十多个名，如：陌上花开、世间况味、人生况味、边走边记、边走边思、老媒新兵、哈哈大笑、闲子冷饭、前朝遗老、报人风骨……最后还是选定"世间况味"。麦刚觉得自己每天都在品世间的种种况味，甜酸苦辣，只有自己知道。办公众号的宗旨：坚持原创，推送有思想、有温度、有品质的美文。

恰巧报社阿宝在集团总部报社帮忙时，打理的就是新媒体，这方面有经验。阿宝帮助麦刚成功注册账号，当天下午，麦刚还请阿宝排好了第一稿。

麦刚这段时间因空闲，写了不少文章，经反复筛选，确定首发散文《重登临江楼》。此文曾在集团总部报上刊登过，题材宏大，文字轻松，历史钩沉易让人感兴趣。文章的开头，麦刚加了按语：

人只不过是一根苇，十分不起眼，但他是一根有思想的苇，而人的全部的尊严就在于思想。我们每个人都是一棵有思想的苇草，那些来自火热生活实践和记忆深处的东西，撒上思想之盐后，就会鲜活诱人，跃然纸上，散发着浓浓的生活气息和时代气息。

正是那些鲜活的、有思想的文字，美化着我们的精神生活，净化了我们的心灵，激励我们战胜困难，更让我们在这个浮躁的尘世间，找到一个宁静的角落，让我们的灵魂有地方安放。

这里有人生最深感悟；

这里有人生真切回忆；

这里有当下犀利时评；

这里有生活原汁原味；

这里有游子浓浓乡愁；

这里有轻松怡情美文；

它的名字叫"世间况味"。

按语中，麦刚阐述了这个公众号名称的来由和意义，还有办号的宗旨。文章推送后，当天订户数已过二百，许多朋友热心帮麦刚推荐，家人还在好多群里发红包吸引人注意，提醒大家关注。

麦刚年近半百，本来事事低调，想不到办公众号这事，还是张扬了一回。传统媒体人转型，拥抱明天，重新找到自己的位置，一定要尽快走出思维定势和禁锢，勇敢大胆地往前走，才不会被时代淘汰。

麦刚的儿子获知父亲告别传统媒体，迎接新媒体，特意买了本《新媒体的语言》，当作生日礼物送给父亲，为他鼓励加油。

　　"世间况味"推出的第二篇文章《两棵白榆树的见证》，也曾在多家大报上刊登过，题材重大，思想性、针对性、可读性强。文章推送后，好多老朋友除点赞外，还给麦刚发信息，询问他的现状。麦刚如实告知，得到很多朋友和新闻同行的鼓励和支持。有了老朋友们的关心与支持，麦刚对办好公众号的信心足了。

第十八章

党校放暑假，吉福社长回报社看望大家。

吉社长说："当前集团总部改革的步子慢下来了，对报社这块还没有什么有用的消息，只能继续等待了。"

吉社长还透露："集团总部改革调整后，党校学习也有较大的变化，主要是管理更正规，还要考试，和以往松散日子不同了。"

最后告别时吉社长对大家说："我准备休假，回家陪陪老母亲。"他是有名的孝子，大家常听他说起陪老母亲时的种种趣事。

麦刚自从开通自己的公众号后，明显忙起来了，过去的文章需要重新打磨或润色，还要考虑主题，配合形势。排版也重要，漂亮的版面，如同一张商业广告，能吸引人的眼球。

照着葫芦画瓢，发了几期稿件后，麦刚总算找到了一些技巧，慢慢熟练起来。

麦刚突然接到原振海集团后勤部水海的电话，他来西京准备出租闲置的房子，邀请麦刚晚上一起到北央饭店聚聚。

水海和麦刚曾在西京牌楼一家单位的机关共同工作，只是他从事营房工作，麦刚在办公室干宣传工作。两人因是早西省的老乡，关系甚密。后来，麦刚调到振海报社工作，水海调到振海集团后勤部工作。集团改革后，水海分流到"小桥流水、粉墙黛瓦、史迹名园"的鹤市。听水海介绍，当时他还未走，处里情况不断，前任处长被留置，继任的处长也被留置，工程队队长跳楼自杀。

席间，听水海介绍三人贪腐细节，惊心动魄。这些人初心早丢，胆子真大，根本未收手，犹如一部现行反腐剧。讽刺的是，新任处长留置后又放出来，当晚他请几个部下在前宰门一家僻静酒楼喝酒压惊。举杯之际，处长要求大家将手机关掉，以免被监听，并小声说："小心驶得万年船。"与此同时，整个后勤部相关部门组织自查，让大家主动退钱，目的是想让这个处长平安出来，挨个纪律处分了事。结果这个处长小心再小心，最后还是被逮进去了，被判了两年半的有期徒刑。

麦刚在集团机关发现，贪婪、胆大又嚣张的人，迟早会倒霉，甚至难逃牢狱之灾。

有时麦刚也会反复思考，为什么人会迷失自我？

古人用四个字来描述，即"利欲熏心"。

为何当下老有官员出事？仔细剖析，除了受不良风气的影响，主要还是脑子犯迷糊，像春雨季节进了泥浆，弄不清为何当官，当官该干什么，将来留下点什么。一些出事官员立志做大官，不是为了为民干大事，而是为了发大财，在贪腐路上狂奔，结果跌落马下，打回原形，钱财收回，自己终成了一个又蠢又笨的"保管员"。

集团原人事部徐小部长，一表人才，位高权重，本是前途远大，没想到在情感问题上犯了迷糊。一次徐小部长的上任章书记请客，特意带上情人余女士。章书记当部长期间，因无意中得罪上司，被降到下面单位当书记，这是罕见的。章书记在下面非常郁闷，但毕竟是从上面下来的，胆子甚大，见下属医院的余护士长肤白亮丽，是典型的白富美，便花言巧语，威逼利诱，将她发展成了自己的情人。

男人难过美人关。徐小部长本来就好色，只是平时会装。席间，徐小部长一见到余护士长，双眼就色眯眯地发光，视线许久未移开。因地位悬殊，圈子不对，余护士长本来很难结识到徐小部长，但她也是个有心机的女人，见到比章书记更大的官，心领神会，主动敬酒。

章书记毕竟是见过世面之人，也是情场老手，更知男女之间的事。他见徐小部长失态，暗自高兴起来。在章书记眼中，女人如衣，随时可弃。

毕竟余护士长不是风月场上的女子，多少有点素质，起始扭扭捏捏不太同意。可她也不是纯情少女，跟着章书记也不是为了情，多是为了利。她权衡利弊，最后转头便做徐小部长的情人。

徐小部长和余护士长双方都有家室，不能公开示爱，只能"地下活动"。徐小部长权倾一方，在单位周边筑了多个"爱巢"，有时间他们就在"爱巢"里频频约会，成了两只在西京夜空中翩翩飞翔的"鸳鸯蝴蝶"。

后来，余护士长回到海城工作。一地之别，两地相思，又似三五年，天天思君不见君，百无聊赖十依栏，重九登高看孤雁，长叹息。

为缓解相思之苦，徐小部长特意在海城筑了个"爱巢"，开启疯狂的约会之旅。那时还没有高铁，他只得亲自开车。从西京到海城开车需两个半小时，加上两边市区内驾驶的时间，来回一趟需四个多小时。

徐小部长是个聪明绝顶之人，经常下班后偷偷开车去海城。为不暴露自己的行程，他故意在办公室开着灯，拉上窗帘，交代手下的人零点以后再关灯，让人以为他还在勤勉工作，深夜加班。实质上，他早到海城情人处"加班"去了。徐小部长为在集团领导前装听话守纪的部下，特意买了两部手机，一部对情人，一部对公，还将办公室的电话转移到手机上，确保随时能接到领导的电话。有时领导找他有急事，他先是撒谎编个理由，然后从海城开车急忙赶回来。

一个身强力壮的小伙往返两地开四个多小时的车都会累得半死，何况徐小部长已是不惑之年。可为了会情人，他乐此不疲，白天正常上班，晚上常去海城"加班"。或许这就是所谓"爱的力量"。

那些日子里，徐小部长为爱两地疯狂驰奔之旅，竟然未被发现。直到余护士长违反"游戏规则"，想从"地下情人"转为"地上情人"，横刀夺爱要转正，这才把徐小部长吓住了。主要是余护士长与徐小部长的恋情被其丈夫发现，余护士长再也隐瞒不下去了。徐小部长非常为难，因为"地下活动"一旦公开，肯定会对自己的仕途不利。余护士长的丈夫也是见过世面之人，知道强扭的瓜不甜，想学着港台电影中的做法处理此事。余护士长的丈夫与徐小部长在有锡市约了个地点，余护士长的丈夫和徐小部长各带两个人，用密码箱提20万元现金，究竟跟谁，让余护士长当面选择。

约定的时间，约定的地点，余护士长的丈夫见到给自己戴绿帽之人，还有早已变心之妻，没有失去理智和对方拼命，而是装出君子风度，让妻子自己选择。一边是相爱多年的丈夫，一边是蜜糖般的新欢，且权倾一方，前程远大，余护士长毫不犹豫地选择了徐小部长。

徐小部长当场潇洒地将桌上密码箱麻溜地推给她的丈夫，拉上余护士长就走。余护士长的丈夫还深爱着妻子，想请她再回海城过一夜。谁知徐小部长强行拉着余护士长上了车，直奔西京。余护士长的丈夫不甘心，在后面紧追。那情那景，真像拍电影，甚至比电影还惊心动魄。

余护士长的丈夫一路紧追，进了西京古城墙门，追到希尔顿大酒店门口，还是晚了一步，眼睁睁地看着徐小部长拉着自己的妻子进去了。他找遍整个酒店，就是找不着，打妻子的电话关机，前台不让查。徐小部长在酒店有个长期包房，绝对保密，外人查不到。

余护士长突然真的走了，将永不回来了，她的丈夫有些接受不了，含泪坐在酒店门口的台阶上，苦苦等了一夜，妻子硬是未出来看他一眼。他知道妻子已铁了心，绝了情，再等下去也没用，只得沮丧回了海城。

余护士长天真地以为跟着这个男人会幸福，会做官太太，谁知徐小部长的原配坚决不同意离婚，如果真要离，她会将丈夫受贿和与余护士长出轨的证据交给组织。

徐小部长怕了，一旦妻子将自己干的见不得光之事公布出去，前程肯定没了。

没法，徐小部长胆怯了，只得与余护士长忍痛分手。曾经的山盟海誓，曾经的你侬我侬，原来见光就死，见困难就退，转眼成了一场梦。

鸡飞蛋打，吃亏最大的是余护士长。丈夫这里无脸再回去，也不一定会收留她，她只得回到父母身边，整日以泪洗面。

一日，余护士长止不住思念深爱的情郎，从海城悄悄地来西京，到过去的"爱巢"看看，只见徐小部长带着新欢双双出入，还不止一个……

余护士长这才明白，自己的感情被对方玩弄了。回到海城，她无法控制自己的情绪，几次想跳江结束年轻的生命。

余护士长的父母是老干部，获知女儿被人玩弄感情，拆散了家庭，十分震惊，于是他们搜集材料，开始状告徐小部长。在振海集团要告倒人事部部长，不是那么容易。徐小部长曾威胁余护士长的父亲："在振海集团，谁也告不倒我。"

余护士长父亲在集团门口拦过集团主要领导的车，果真没人搭理。在西京告状未成，他又上集团总部，也是拦车，总算将徐小部长告倒，还牵扯出许多问题。最终，徐小部长身败名裂。为了一场错爱，胆大包天，无所顾忌，最终进了监狱。铁窗下，他这才后悔，夜夜思娇不见娇，唯有泪两行，滴滴到天明。

回头看看，爱对一个人是蜜糖，爱错一个人是砒霜。动用公款筑爱巢，挥霍巨资讨欢心，不自量力为爱忙，最终巢毁人亡，白忙一场。眼前之蜜糖，变成了毒人之砒霜。作为"公家人"，尤其是官员，有家仍乱爱，权力任性，越过纪律道德底线，地下短暂之蜜糖，最终会变成祸害自己之砒霜，甚至还会进牢房。

第十九章

　　早上起来，麦刚煮了碗面条，热得满头大汗，一点胃口都没有，吃了一半，倒了一半。

　　尽管上班没紧急工作任务，也无须打卡，但麦刚还是每天坚持上班。这是长期养成的生活作息，何况坐在办公室里，总能找点事干，不想让自己歇下来，因为一歇下来就会懒惰，脑子也会僵化，思维就会跟不上时代。只有时时学习，吸收新的东西，才会与时代同行。

　　麦刚预感新闻这碗饭吃到头了，准备改行搞创作，当作家。麦刚了解得知，加入省作协，条件是出两本书；加入国家作协，需要出三本书。麦刚正好出了三本书，准备先加西京作协，再攻作协。

　　加入省作协，需要两个作家当介绍人。麦刚想到集团创作室主任大国，请他出面推荐一下会稳妥些，因为他平时与省作协打交道多，在西京文坛也小有名气。

振海集团曾有个创作室，集团改革调整后，也和报社、歌舞队、电影队一样，面临裁减。麦刚与大国联系上了，直说自己的目的，对方满口答应了。

冒着高温的热浪，麦刚上大国办公的小楼找他。大国办公的黄色小楼是幢民国建筑，历史厚重，结构独特，楼板和楼梯皆是木质的。麦刚也在这样的小楼工作过两年。集团建新办公大楼，拆掉了小楼，搬进了新大楼，一些直属小单位依然在原地办公，主要是大楼装不下这么多单位。

麦刚踏进小楼，从一层上到二层，不见一个人影，楼道里四处堆放杂物，门框破烂不堪，办公室门口的牌子颜色发暗，顿感悲凉。这里曾经出了好多大作家和画家，闻名西京，在全国的文坛都有巨大影响力。

麦刚折回楼下，正巧遇见创作室的驾驶员，一问才知大国的办公室在顶楼的右边。

上楼见到大国后，麦刚大赞一番，直说想借他大名推荐一下进西京作协。大国二话没说，提笔热情写好了推荐信，盖上了创作室的大红印章，还给了麦刚西京作协联络部吴主任的电话。

回到办公室，麦刚立即与吴主任直接联系。意外的是，吴主任人挺热心，并约好麦刚下周一将资料送过去。

周一，麦刚应约到西京作协，将完整的加入作协的申报资料交到了承办人手里，顺便见到了吴主任。原来吴主任也是从振海集团这边交流过去任职的，对振海报社非常熟悉，两人当场没有了一丝陌生感。

回来的路上，麦刚似乎有种莫名的感觉，甚至有些感动。报纸不办了，单位快没了，冷眼看多了，稍遇见对自己好的人，麦刚就容易激动。

天气持续高温，反正手头没事，麦刚决定回老家休息一段时间，换个地方散散心。

父母在，家就在；父母不在，人生只剩归途。在外地工作的麦刚对这句话深有体会。

父母在世时，麦刚常有回家的冲动，尤其是受了委屈或感到疲惫迷茫时，更是想回家。早些年，从西京回早西高乡需到早西省城转车，有时全程都要站着，行程二十多个小时，麦刚还是要回去，甚至一点也不觉得累，因为父母盼望他回去，他也想陪陪父母，尽尽儿子之孝。

麦刚每次回故乡探亲，当他一头撞进那片日思夜想的山村怀抱时，最先望见的就是熟稔的村口。山脚下的村口，有亲切的狗吠鸡鸣，还有老牛的哞哞声，邻居家升腾起的袅袅炊烟，氤氲着饭菜的香味，传递着家的温暖气息，还有亲切的乡音。游子无论离开故乡多久，村口都是故乡最真实的意象，看到村口就如同看到望眼欲穿盼儿归家的母亲，让他瞬间忘记了一路的颠簸与疲惫。

　　记得有一年的春节前，麦刚临时起意回家过年，黄昏时分踏进村口时，他发现柿子树下有个熟悉的身影，心生疑惑，莫非是母亲？天这么冷，还刮着北风，他赶忙迎了上去，果然是她，拄着拐杖，头上盖着蓝色的头巾，佝偻着腰。麦刚顿时双眼湿润了，急切地问母亲："您咋知道我会回来呢？"

　　母亲说："快过年了，今早喜鹊叫个不停，我想着刚儿可能要回来了，见别人家的儿子都回来了，就习惯地出来望望，想不到你还真的回来了！"

　　母亲笑得像个孩子，麦刚却心疼得说不出话来，赶忙拉着母亲回家。

　　自从麦刚离家参加工作后，母亲思儿心切，每天都会在村口张望一会儿，有时明知他不会回来，但去村口盼望早已成了她的习惯，似乎不去张望一会儿，就会觉得少了些什么。

　　那个叫麦家源的村口，是乡亲们的聚集地，更是信息传播中心。春夏秋冬，那些纯朴勤劳的乡亲总爱坐在村口或是村口的塘边、树下，聊着永远也聊不完的话题，比如麦家建了高大气派的新房，王家娶了城里的媳妇，张家儿子打工赚了大钱，胡家的狗下崽了……当麦刚风尘仆仆地出现在村口时，乡亲们会热情地跟他打招呼，呼唤他的乳名，迫不及待地询问他在外面工作的情况，还有在外的见闻。

离开村子这么多年了，记忆还停留在儿时的欢乐场景。那时的天空很蓝，门前池塘下的水沟里四处是鱼儿和泥鳅，一网下去就有收获。累了，麦刚喜欢坐在田埂柔软的草上歇一歇，听听鸟儿的鸣叫；渴了，用手捧点清澈的塘水喝几口。沟旁是一片片金黄的稻田，当微风吹起，稻浪翻涌，蔚为壮观。

一座城市有城门，进城必从城门穿过。而村口就是小村之门。进门，出门，看似寻常简单，却是悲欢离合之处。对于像麦刚这样常年在外的游子来说，村口是滋生思念、牵挂和期盼的地方，也是守望幸福的驿站。村口如一把标尺，丈量着血浓于水的亲情距离；村口似一道分割线，隔开了故乡与远方的世界。

村口又是一个见证者，无论谁何时远行或何时归，它都记得清清楚楚。村口全天候坚守岗位，见证了乡亲们的悲欢离合，目睹了四季的劳作和生活的艰辛，演绎了一幕又一幕生动感人的送别情景，留下了一个又一个执手相看泪眼的眷恋身影。

总有个亲人，会在村口守望，无论寒暑，等待着游子回来。

朱自清说，燕子去了，有再来的时候。余光中说，乡愁是一枚小小的邮票，我在这头，母亲在那头。席慕蓉说，故乡的歌是一支清远的笛，总在有月亮的晚上响起。麦刚却觉得啊，乡愁是一棵没有年轮的树，永不老去。

　　村口的那棵柿子树，年年岁岁历经风雨侵蚀，依然傲然挺立，见证着小小山村的兴衰，守望着村人的冷暖。异乡再好，都无法安放麦刚不安的灵魂和躁动的心灵，当熟稔的村口在梦中一次次浮现时，他总含着热泪体味日复一日的乡愁。

　　每个人的记忆里是否都站立着一棵树？一棵老得不需要名字的大树，挨着池塘流水旁的人家。在无数个黄昏，它凝望着整个村落，信守着一个不弃不离的承诺。

　　每次回家短暂团聚后，麦刚很快就要同父母分别，离开村子去西京。母亲早早地站在村口的柿子树下，像麦刚当初离家时一样，高高地挥着手，欲言又止。麦刚回头看着渐渐模糊的母亲，想着母亲这一辈子为儿女、为家含辛茹苦、积劳成疾，他泪流满面。

　　后来，在村子的臂弯里，在夕阳的余晖中，麦刚看到村口那棵原本蓊蓊郁郁、葳蕤蓬勃的柿子树，也一天天地消瘦下去，仅留嶙峋铁骨。

　　终有一天，村口这个曾经最温暖的驿站，会瘦成一根尖尖的麦芒，扎在麦刚的心田里，让他在梦境里喊痛……

　　父母去世后，家中拆迁，麦刚有了属于自己的房子，不然每次回去做客，住哥哥姐姐家，可能一年半载也难得回去一趟。

　　回到老家，麦刚四处走走，会会朋友，暂时忘了西京的一切不快。

从老家回西京后的第二天，榕州集团的牛副主任又来看画册出版的进展情况。内行看门道，外行看热闹。搞画册这事，定下大方向，由内行忙就行。偏偏牛副主任喜欢较真，小细节也不放过，对于他们来说，毕竟是件大事，也可理解。不过调整来，调整去，有些折腾。按理，端人碗，受人管，听牛副主任的就是。可报社有人脑筋不会拐弯，硬要坚持己见，非要与牛副主任拧着来。牛副主任有点下不了台，可又不好发作，毕竟是首次与报社打交道，过去彼此都不熟悉，只好借故上厕所，招呼都没打就走了。从此，报社与牛副主任结下梁子，后面令麦刚苦不堪言。

麦刚在朋友圈里看到一段话：生活再难，都要勇敢向前，压力再大，都别愁眉不展，好好疼自己，爱自己，不以物喜，不以己悲，一切自有安排，不必操之过急，不必太过忧心。你的心态决定你的命运，你的努力决定你的成败。相由心生，命由心造。不要执着于过去，不要沉迷于现在，未来会更精彩，生活会更美好。

不能一直沉迷于过去，只有告别昨天，勇敢直面现实，才会在新征途中有所收获。麦刚过去一直排斥新媒体，瞧不起新媒体，可是改革让他这个老新闻人待岗一年多后，形势将他逼近门槛，不改变观念意味着前面无路可走，久之更是寸步难行。

如今麦刚尝试办公众号后，发现自己起步太晚了，早该迈出这步。

　　时隔34天后,麦刚的公众号"世间况味"开通了原创功能。文末也随之开通了留言、打赏等功能。

　　苦心人天不负,三千越甲可吞吴。

第二十章

　　一场秋雨一场凉。天气开始凉快了，昨晚下了雨，今天天阴沉沉的，穿短袖出门，双臂感受到一些凉意了。

　　秋天一到，一年时光所剩不多了。

　　阿庆抽空回来看看麦刚，他是麦刚任联络处处长时从下属单位选调过来的，后来调到另一个处锻炼，发展得不错。机会垂青有准备的人，振海集团改革了后，阿庆本准备分流，后来吉福社长推荐他到了新成立的东海集团人事部。阿庆年轻，稳重，又会写，前景一片光明。

　　改革期间，有人幸运，有人厄运。

　　早先与麦刚一个处的编辑成全打电话给麦刚，他决定去读研究生。前期，成全被抽调去榕城集团办公室帮忙，整天打开水扫地，没有安排正经的业务。一向上进心强的他，不想虚度年华，决定跳出眼下的环境，去寻找自己的前程。麦刚觉得成全年轻，素质不错，就劝他早点分流，到新单位去奋斗，会有好的发展。留下，又没报办了，发挥不出特长，加上他又没有基层任职经历，到最后还是要被淘汰。最终，成全没听麦刚的劝，依然坚持去深造。

麦刚每天走进集团大楼一楼西侧，坐在办公室，唯有寂静陪伴，想找个说话的人都没有，他常大吼一声，以解心中忧闷。窗外梧桐树上的秋蝉在叫："歇了！歇了！"远处还有打草机的噪声，间或有物业的员工在路上扫树叶。

似乎一切听了都烦，真影响心情。

秋天来了，冬天就近了，或许离开一楼已进入倒计时了。

在早西省城银行工作的老肖来西京培训，麦刚请他晚上一起聚聚。时间过得真快，当年老肖在振海集团生产技术部工作，老婆孩子在外地，是个一人吃饱全家不饿的快乐"单身汉"。只要有饭局，麦刚就喜欢叫上他，还推选他为高乡老乡会会长。当时他们常在一起喝酒打牌，无话不谈。麦刚感慨，如今都老了，两鬓染霜，青春不再。岁月像把杀猪刀，刀刀催人老。

晚饭后，麦刚和老肖挥手告别时，心里泛起异样之感，无论是同事还是老乡，在一起关系再密切，感情再浓，一旦去了异地，分别多年，感情也会随着距离和时间的疏远，越来越淡，再见时自然会有一些陌生感。

　　惊闻同学杨春连去世，麦刚愣了许久。世事无常，福祸难料。杨春连是他们高中毕业班的学习委员，白净高挑，瓜子脸，一笑就脸红，露出一排整齐的白牙。大学毕业后，她回家乡工作，在区幼儿园当园长。今年大年初二，麦刚在老家请她和几个相熟的同学吃饭。

　　杨春连见到麦刚就大声说："老麦，你早该请我们了，但今天也不迟。"

　　麦刚笑笑，或许她觉得麦刚当了官，肯定很有钱，应该主动一些。麦刚也不好意思反问她。

　　麦刚清楚地记得，他见到杨春连后，发现她脸色灰暗，没有正常女人之肤色，感觉有些不太正常。他私下问其他同学，了解到她家庭不幸福，两口子感情不好。杨春连毕业后嫁给下井挖煤的矿工，没有多少共同语言。"碳古佬墨墨黑，洗完澡还要得。"那时煤矿效益红火，矿工很吃香，找对象也容易。后来，杨春连恋上了别人，想离婚一直未成，就这样一直拖着，女儿也快成家了。或许人生不如意，日久易生病。可是她一生追求的幸福，却无法实现了。

　　看到古稀之年的刘晓庆还选择离婚，记者不无质疑地问她："都这个岁数了，为啥还折腾？"这个问题似乎在质疑她的选择和追求，但刘晓庆的回答却令人耳目一新，她微微一笑，反问道："你们是想看我像一个老太婆一样被岁月打倒，还是希望看我像一个少女一样去追梦、去爱？"刘晓庆一生都在追梦，去爱，70 岁仍未停止她的梦想。

"要么忙着生，要么忙着死。"许多人都记住了电影《肖申克的救赎》里的这句台词。其实，对于任何一个生命来说，生与死都是同时进行的。生是一辈子的事，死也是一辈子的事。只是有人走得早，有人走得迟；有人走后，常有人怀念，有人走后，常被别人诅咒。

麦刚认为自己正忙着生，去追求一种新生，不带过去一丝气味的生。

第二十一章

　　麦刚每天上班，习惯喝完茶后到一楼静寂的小厅里转圈，从左转到右是 33 步，从右转到左也是 33 步。天天循环往复，花开花落，夏去秋来，他知道自己转的时间不多了，每天都听到报社这艘船在下沉的声音。

　　上午下班前，意外遇到在二楼办公的米亚。米亚有才，人缘好，如果集团不改革，她在报社必定会有好的发展前途。如今报社快没了，她的人生一切都乱了。说起单位的现状，她眼圈发红，有些哽咽地对麦刚说："老麦，每天都有不好的消息传来，对咱们有利的事几乎没有，新闻人的路已越走越窄，前途渺茫。"

　　麦刚听后，陡然生出一阵莫名的难受。在等待盼望的日子里，大家总结一首打油诗："报社干部好作风，自带工资来办公。日赶点儿来上班，夜盼靴子早着地。"

西京的天气很怪，春秋两季时间极短，甚至几乎没有。常常冬天刚结束，夏装就要登场。今年夏天刚过去，凉风一吹，长袖衬衣未穿一天，直接穿上冬装了。

天气一天天地变凉，似乎今年冷得比往年要早。北风一来，大院里的梧桐树叶纷纷落地，物业的工作人员一天到晚扫树叶，地上还是难得干净。

麦刚在院子里漫步，让他奇怪的是，今年院子里两棵香橼树没结果，找了许久，一个未见，很是失望，难道有某种预兆？

香橼原产于亚洲，尤其是亚热带和暖温带地区，其在中国的栽培历史已有两千多年，果实呈椭圆形，果皮淡黄色且粗糙，难以剥开，内皮为白色或略呈淡黄色。《随息居饮食谱》记载，香橼常与化痰止咳药同用，治疗痰多、咳嗽、胸闷等作用。往年这个季节，麦刚会到树下捡几颗香橼回来，放在窗台或办公桌上。他喜欢闻这个味道，可惜今年一个也没有，也不知明年还在不在这里办公。如不在了，或许他永远与这里的香橼就没缘了。

麦刚记得报社最早发现香橼味道好闻的是老同志凡庆。香橼颜色金黄，像是麦刚老家熟透了的柚子的颜色，不过只有柚子一半大。凡老在树下捡回许多香橼，整齐地排列在办公室空调的散热器上，每天满室生香，神清气爽。麦刚也学着捡几个放在办公室的桌上，果然暗香浮动，提神醒脑。不过掉在草地上的果子，如有一丁点黑斑，放几天后就会溃烂，甚至出水。要是捡起来的果子硬邦邦的，可多存放一些时间，但最终都会干枯烂掉。世间万事，难有久长。

群联处处长易刚又给麦刚打来电话："老麦，报社的情况咋样了？有没有新情况？"

麦刚说："外甥打灯笼——照旧（舅），和你走的时候一样。"

易刚有些惊讶，因为他离开报社快半年了，这半年中剩下的人都在迷茫中等待，每天谦卑地进出这个早已不属于自己的大楼。那种滋味，那种心情，那种痛苦，只有经历过的人才有真切的体会。

麦刚尤为敏感，每天不太想去食堂就餐，主要怕食堂员工异样的眼神。

振海集团解散时，集团领导特意在食堂组织了一次集体会餐，即吃散伙饭。集团王副总会餐时口沫四溅地说："无论是分流出去的，还是继续留在这里办公的，我们过去老机关的作风不变、一起共事的情谊不变、服务的标准不变……"其实唯一留在集团大楼办公的单位只有报社。

真的都不变吗？食堂员工认识麦刚，麦刚也认识他们，他们知道麦刚现在不属东海集团，态度较往日便千差万别。

麦刚记得，当年集团有个姓吕的书记，家乡口音甚浓，开会经常喜欢称振海集团是个好集团、老集团、强集团。如今再好的集团也没了。而新成立的东海集团，不能称老集团，最多只能称强集团或好集团。当然，这些都和麦刚没半毛钱关系了。

第二十二章

据传振海集团改革时，集团总部初衷是想保留报社这支队伍，特意规定人员不分流，因为分流了就难收拢。

新成立的集团是否办报，总部一时拿不准，只能一直拖着。改革原本旨在解决机构臃肿、人员冗余，以达到提质增效的目的。麦刚非常清楚，报社已是集团总部之鸡肋，留之无用，弃之可惜，就暂时搁着吧，等等再看。毕竟在集团改革调整中，办报不是头等大事。

转眼到了 11 月 8 日，第 18 个记者节。寒冷的初冬，节日冷清，浑身打战。麦刚明白，这个节日注定没有鲜花，没有掌声，没有祝福。

麦刚当天在自己的公众号"世间况味"里发布推文：《记者节，自己给自己道声祝福》。文章点击量很高，留言的大部分人是从业多年的媒体人，有人为曾经的新闻理想被现实无情夺走而扼腕叹息，有人诉说自己身心俱疲的处境，也有人依然愿意披荆斩棘地履行记者的使命……翻看这些留言时，麦刚感慨于心，泪流满面。

集团媒体人同样遭遇历史上罕见的寒冬，一直处在坚守与转身的两难选择之中。不过，麦刚早闻到了集团媒体人即将消亡的味道。

每天上午，麦刚坚持写作，累了就在一楼小厅转圈。

下午，麦刚偶尔会到院子东面的小花园里散步。麦刚刚调进院子里时，振海报社的旧楼毗邻小花园，每天上班都要路过这里。小花园北面有一丛茂密的竹林，南面是一幢透明屋顶的花房，用于冬季存放花卉，中间小路两旁有一排茂密的樱花树，东面靠近集团电话站的柳树下藏着一个月牙形池子，里面养着一群红色的小鱼。花园中间，摆放造型各异的盆景。整个花园，肆意地开着五颜六色的花儿。早先，小花园有专人打理，一年四季吸引集团的人来赏花看景。

麦刚自从调进这个院子，就爱上了小花园。编稿累了，或是遇上什么不开心的事，麦刚悄悄地从报社后门出来，到花园看看，闻闻花香，听听鸟鸣，放松心情。职场人事复杂，逢人只说三分话，知人知面不知心。麦刚性格直，有话藏不住，刚毕业时吃过不少亏，也挨过不少批评。记得当年麦刚从基层单位调到机关时，老领导曾叮嘱麦刚："在机关一定要管好'三巴'。"到了大机关，麦刚才真正体会到管住嘴巴乃头等大事。

麦刚过去在小机关感觉不到职场人事关系的复杂性，进了集团机关，方有体会。常闻此人是谁的秘书，此人是谁的女儿，此人是谁家的儿子或女婿，这些人年纪轻轻当上领导，职务还不低，且在要害部门。曾经集团领导读新闻系研究生的女儿在报社实习过，当然并非来学业务，只是来走走过场，完成学业，她本人也不会干这种苦差事。过去功名靠马上取，如今能取的渠道可多了。

麦刚来自山村，父亲是个乡下老师，没有背景，没有靠山，只能拼命工作，准时上下班，甚至星期天还来报社加班。

振海集团解散前，小花园早没人关注，最后一任花工葛师傅想加点工资未成，辞职回西京河宁老家了。平时小花园只有物业人员间或进来打扫卫生，盆景、绿植再也没人打理了。麦刚和葛师傅常打交道，多是交流种花技巧，偶尔还会向他要点种花的土。麦刚常从家中带点东西答谢他，尤其逢年过节，总是他给葛师傅一点东西。葛师傅临走前，特意送麦刚一盆金银花，黄色花朵绽放，散发出浓浓的馨香。分别送花，意义颇深，麦刚甚是喜欢。他将金银花带回家，移出花盆，小心翼翼地种在小区楼下的桃树旁。金银花年年按时开，满院飘香。麦刚闻花香忆故人，感慨颇多。一个大机关解散了，能让麦刚念念不忘的人不多，倒是一个普通的花工，走进了麦刚的心里，令麦刚常常想起他。

初冬，无人打理的小花园主打色还是绿色，但一些树和花的叶子开始泛黄了。麦刚踩着小径上飘零的落叶，感知一年又要过去了。太阳开始西斜，照在一棵死去半边的老柳树上，鸟儿在枯枝上欢快地鸣叫。树下昔日清澈的池子里，如今仅剩一点点污黑的浊水，腐烂的水草下，隐约见到几条小鱼在晃动。麦刚陡然想起花工葛师傅，他在时花园打理得井井有条，池里的水经常更换，四季都会培植新花。如今花园已衰败得不能再败了，他留下的花差不多死光了，只剩一些易打理的绿植。

徘徊小径上，麦刚忽然开始羡慕树上的鸟儿，做一只鸟儿多好啊，想吼几嗓子就吼几嗓子，根本不需要考虑什么时间，什么地点，想去哪里就去哪里，想留这里就在这里，从不为名所累，不为利所扰，无须看他人的脸色，更不需要为一日三餐辛苦而奔波，只需要几条虫子，几个野果，就知足了。有时，人啊，真不如一只快乐自由的鸟儿。

回办公室时，麦刚特意绕道来到过去院子的大门口，宽阔的大路还在，两旁的大树尚存，可大门早被拆除，走在无人行走的水泥路上，他不禁想起这里曾经是人员车辆进出热闹的地方。二十世纪八十年代末，麦刚在振海报社学习时，每天都经过这个大门。麦刚清楚地记得，那时自己骑一辆除了铃铛不响其他都响的自行车，浑身充满朝气，天天满怀理想，是那样满足，感知幸福，体会快乐，报上刊登一篇火柴盒大的文章，便会开心得似过年一样。眨眼几十年过去了，当年那个浑身充满朝气的小伙，已是年近半百的人了，真有些万事休了。

　　看透了一些人，经历了一些事，麦刚累了。

第二十三章

　　麦刚家中的电脑出了状况，QQ 页面无法打开，且网速慢，只得送黄江路雄狮城修理。

　　修理师傅打开电脑检查一番，判定系统中毒了，只能重装系统。打印机主板也坏了，一共花了好几百元。电子产品这东西看似先进，工作高效，但也很脆弱，越来越娇贵，用用就坏。究竟是人心坏了，还是东西坏了？不得而知，自己也不懂。

　　早上在班车上，东海集团人事部的副部长阿程告诉麦刚，吉福社长要走了，去京杭大运河旁的琼花市任职，昨天他已到东海集团告别了。

　　吉福社长走了，报社这个摊子更难收局，因为与榕州那边对话的分量轻了，如此下去，后面的结局注定不会太好。

　　冷空气来了，夹着小雨，伴着冷风，造访西京，天黑沉沉的，似乎要坠下来了，坐办公室里冷飕飕的，麦刚打开了取暖器。办公室该拿回去的东西大多拿回去了，大家随时准备从这个办公室撤退回家。取暖器和落地风扇处在半坏状态，最终会被丢在这里，但目前需要时还可凑合用用。

麦刚不由得联想到自己，报社这些编余的人，也像这半坏了的电器，用还是可以用的，但不会被重用了，早已准备丢弃了，只是时间问题而已。

喜欢熬夜写作的麦刚，仲冬的周日早上一般都要睡个懒觉。

天色微亮，好运动的妻子一再催麦刚起床，陪她去走山。窗外北风呼啸，这个天气走山，他不太情愿，嘴上应着，仍缩在温暖舒服的被窝里未动。最终，还是被妻子硬拽了起来。

走山，顾名思义，是去山里暴走一圈，呼吸新鲜的空气，看看冬季山里的萧瑟风景，活动僵硬的筋骨，顺便还可拍几张照片，分享到朋友圈里。

过去，住振海大院时，走山的地方很多，现在一般是在银子山两个湖之间绕大圈。

刚出小区门，一阵寒风吹来，直灌脖子，寒战连连，脸上有些生辣辣的痛，犹如刀刮一般。天上残星高悬，路上行人稀少。不到十分钟，麦刚来到了银子山下的前半山园。

穿过城墙的洞口时，山风更猛烈，浑身凉透。这样的鬼天气还会有人走山？麦刚心里直犯嘀咕，也有些想打退堂鼓。

可现实完全出乎他的意料，透过如纱的薄雾，城墙下的蜿蜒山道上，已有人影晃动，近处迎面相见，发现是清一色上了年纪的老人，有的还是高龄老人，大多是老两口结伴而行，几乎不见年轻人。

老人们衣服穿得厚，像只臃肿的大企鹅，迎着风有说有笑，真有点"竹杖芒鞋轻胜马"的气度，令麦刚有些自叹不如。

山风吹空林，飒飒如有人。冬日的清晨，空气清新，似乎有股甜味，麦刚不禁深深吸了几口，人也清醒多了，但浑身还是冷飕飕的。

山道两旁的林子静极了，平时叽叽喳喳的鸟儿还未见身影，或许到南方"走亲戚"去了，只有遛鸟人鸟笼里的画眉在啁啾，声音婉转动听。虫子早躲进了暖和的洞穴里冬眠了，树上的叶子落光了，如健美运动员向天空伸展着壮实的臂膀。

妻子好兴致，也不怕冷，四处拍照，当场晒出，立马引来无数点赞。

城墙转弯处的树林里，隐约听到说话声，原来有对老两口坐在石凳上休息，旁边停着轮椅，老太正给老头递保温瓶，让老头喝水润润嗓子，不时提醒慢点喝，别呛着、烫着了。老伴老伴，老来就是伴，这个温馨的画面猛然撞击了一下麦刚，羡慕，抑或是感动。麦刚以往在走山中常见到这对老伴，今天这么寒冷，他们还坚持来了，真了不起。麦刚向他们投去敬佩的目光。现在大多数老人都靠自理，因儿女都要忙工作，有的还在外地，老两口能相互照料尤为重要。

　　沿着城墙，转过弯道，便是前湖。老远就听到从湖边飘来的阵阵歌声，听旋律大多是红歌，不用猜自然知道是老人唱的。这里是老人们常来的地方，有对着湖面吊嗓子的，也有迎着朝阳打拳舞剑的，还有自带音响跳广场舞的。这样呵气成雾的天气，老人们依然早早来到这里活动，真了不起。麦刚走近一看，全是熟悉的面孔，他情不自禁地向老人伸手点赞，走山的心情好了许多。

　　陡然，麦刚想起一首走山的儿歌："早晨一片雾，山里看不清路，急坏了小猪、小鹿和小兔。小兔领小猪，小猪拉小鹿，扯着藤，扶着树，一步一步走山路。秋风婆婆来帮助，呼——呼——一下子吹散满天雾。"想着这首儿歌，走在山道上的麦刚，心中有了几分童年时天真烂漫的感觉。

　　过了前湖，行至植物苑门口时，太阳露出了半张脸。阳光透过树隙洒在了山道上，也洒在了麦刚的身上，斑斑驳驳，五颜六色，他忽觉有几丝暖和，浑身上下也有了几丝热气，步子加快了许多。

　　从虎脖子处又拐回前半山园城墙洞口时，太阳已照亮了整个城墙，这时来走山的人多了起来，其中不乏年轻人，有的还带着孩子，寒风是阻止不了走山人的脚步的。

　　下山的路上，麦刚忽然觉得，走山不仅仅是舒展筋骨，更多的是一种执着，一种毅力，也是一种精神。老人都有这种精神，自己更不能落后，生活也是如此。

东南省作家协会新入选的会员终于发布了公告，麦刚榜上有名，此外还有两个熟悉的朋友也在榜。公告结束后，麦刚成为正式会员，真正向作家之路迈进。

麦刚过去立志当一名优秀记者，写点在新闻史上留下印迹的文章。他曾在集团总部的《记者》杂志上发表文章，标题是《记者是一种理想》。改革大潮袭来，不让麦刚再搞新闻了，记者当不成了，理想也破灭了，只能转行搞创作，向作家之路迈进。麦刚觉得自己办公众号，至少有两种作用：一是写点自己喜欢的东西；二是保持脑子不生锈，逼着自己去思考，逼着自己往前走，不至于和时代潮流隔得太远。再者，板凳甘坐十年冷，文章不写半句空。只能不停地往前走，文字才能鲜活，更逼真，更接近生活。

农历大雪节气这天，西京的天阴沉欲坠，冷得出奇，真不知还要冷多久。

麦刚现在越来越觉得振海报社剩余人员的命运，和电影《集结号》中人物谷子地的命运极为相似。自从前年振海集团解散，时过两年，报社仍未听到撤退的号角声。大家等这个号声等得实在太苦了。现在新接手的榕州集团没一个部门想分管报社，报社成了一个无家可归的孩子。但报社的同仁还在坚持办"振海公众号"，精神可嘉。这两天麦刚还见到微信公众号运营组的人自掏腰包出差，而今年还没有报销过一次差旅费。

第二十四章

又是周一，麦刚钻出热烘烘的被子，打了个喷嚏，没有犹豫，坚持爬起来去上班。

麦刚在办公室里喝了口茶，便来到一楼静寂的小厅里转圈，从左转到右是33步，从右转到左也是33步。

麦刚独自静坐思考，有时孤独得仿佛世间仅剩他一人，迫切地想找人聊天，想找人倾诉，可这是一种奢望。静寂久了，孤独久了，麦刚也觉得是个难得的机会，正好让自己多一些思考时间。

麦刚喜欢清代郑燮的诗句："咬定青山不放松，立根原在破岩中。千磨万击还坚劲，任尔东西南北风。"

麦刚经常想起毕业时被分配在西京江北大山里的一家培训单位，想起单位主任让他学写新闻，想起写稿路上遇见的每个引路人，想起调进振海报社报到这天的情景，想起在报社遇见的形形色色的人和事……

　　培训单位隶属振海集团后勤部。麦刚起步学写新闻报道那些年，正赶上纸媒的黄金时代，是干新闻的大好时机，上下重视，每个单位都有写稿任务，其中还包括上头条的任务，如未完成任务的单位，年底便无缘评先进单位。

　　麦刚当时感到最难的是上集团总部报的头条任务。集团总部这么多单位想上头条，可一年头条就这么多，加上集团大事要事正常要上头条，其难度可想而知。起初，需要筛选出适合上头条的线索，反复打磨成稿，然后到集团总部报社去协调。先要从协调编辑编好稿开始，一关关地做工作，直到稿件递到总编室，值班社领导同意签字，并推上夜班。到这关还不行，得注意当天集团总部有没有重大活动。如有重大活动，头条就会被占用，还要与值夜班的总编室副主任协商保住稿件，留存下次再发。稿件如随便在版面发出，将前功尽弃，一切要重来。

　　麦刚常常在集团总部这边一住就是十天半月，甚至一两个月。总部报社旁边的大街小巷，他几乎走遍了。当时报社对面有个天意市场，故有人调侃，头条上也天意，不上也是天意。有更苦的送稿人，从夏天到秋天，直到冬天头条仍未上，冬装未带，冷得蜷缩在地下室里直打哆嗦……

　　麦刚常住报社工厂招待所，或是北滨饭店。工厂招待所在报社院内，吃饭办事方便些，但没北滨饭店条件好。北滨饭店是北方某市的办事处，距报社近，走几步就到了。单位经济条件不好的人，只能住潮湿寒冷、空气不畅的地下室，主要是价格便宜。

"你看见我时在报上，你看不见我时在路上。"麦刚记得，在基层写新闻报道，没有正常的作息时间，从白到黑，不要问今天星期几，反正明天不休息。有时为推敲个标题，找准角度，提炼出具有强烈指导性的主题，通宵达旦是家常便饭。那时的写稿人，三餐不思，烟茶相伴，脸色苍白，头发倒竖，胡子拉碴，人比黄花瘦，这种苦只有经历过的人才深有体会。基层里真正是新闻系科班出身的人极少，多是半路出家，新闻基本要素都不懂，只能以老带新，或照着葫芦画瓢，跟着报纸学写稿。稿子写好了，也不知能上不能上，像无头苍蝇，四处投稿，广种薄收。

写新闻，搞宣传，吃苦是前提，是基础，因为鲜活的鱼总是在前方，在水底，在未知看不到的陌生之地。当然，光吃苦还不行，还得有悟性，有灵感，有激情，有扎实的文字功底，有较强的协调沟通能力，有成熟的策划组织能力。

集团后勤部搞新闻有个传统，喜欢重用年轻女员工，有"娘子军团"之称。据说，是协调工作方便些。记忆中，每年后勤部组织新闻骨干培训班，花花绿绿的"娘子军"甚多。"娘子军"出过人才，也出过许多故事，甚至绯闻。还有两位仁兄为写稿事互掐，闹得不可开交，直至对簿公堂，也无法缓解多年积怨。

麦刚记得参加新闻骨干培训班，最怕的是汇报线索。台上坐着集团总部报社或振海报社的领导，台下黑压压几十号人，陆续战战兢兢地站起来，小声地报出自带的新闻线索，主持人常会提醒，声音大一点，再大一点，台上听不见。台上的人听清楚后，脾气好的算幸运，碰上不好的当场否定，这个不行，没什么意思，一点也不给情面，弄得汇报的人满脸通红，站也不是，坐也不是，好是尴尬。当然，也有胆子大的，初生牛犊不怕虎，站起来拿着话筒直吼，往往台上的人倒也客气几分。

后来麦刚进了报社，当上老师，每次坐在台上听报道员汇报线索，总是提醒自己嘴下留情，实在不行的线索，就说准备还不充分，回去再思考思考，最后不忘道声："请坐。"

振海报社常有女报道员来学习，大院里多了一道亮丽的风景。直到集团保卫部出了人命案，女报道员来报社学习的历史才画上句号。当时集团成立荣誉馆，调来三个女讲解员，由女干部叶子带队管理。不久，保卫部邱桐和叶子谈对象。谁知叶子脚踩两只船，一边和邱桐谈，一边还和原单位的领导藕断丝连。直到一天，邱桐陪叶子逛商场。中途，叶子突然接了个电话，谎称是荣誉馆有急事，匆匆走了。邱桐毕竟是保卫部的，通过定位发现，叶子不是去单位，而是去了大院附近的宾馆。再调宾馆监控后，原来是原单位领导过来找她约会，在房间里待了一个多小时。邱桐忍受不了叶子的欺骗，更无法忍受这顶"绿帽子"，当晚对叶子拳打脚踢，好好收拾一番。因下手太重，又不好意思送医院，叶子第二天清早在宿舍意外死亡。事情败露后，邱桐慌忙逃回老家，最终被抓判刑。叶子原单位的领导因私情曝光，还惹出人命，很快被免职。一段孽缘，三人受牵连，一人还丧命，凄惨，叹息！

　　又到了年底，孤寂等待又一年。幸好麦刚有文字陪伴，不至于度日如年。为感恩支持"世间况味"公众号的读者，受《南方周末》"新年献词"的启发，麦刚特意写了篇《一路花香，感恩有你》的年终稿。自媒体多如牛毛，读者的口味难以把握，有时自认为会引起大家共鸣的文章，最终并不被看好，有时自己并不看好的东西，却陡然被刷屏了。

　　元旦放三天假，麦刚回老家嫌远，出去游玩又没兴致，只待在家休息，看看书，写点东西。如今麦刚找到了以往忙碌的感觉，坚持每天给公众号"世间况味"更新文章。

第二十五章

清早，麦刚起来推窗一看，下雪了，四处白茫茫一片。

早上上班时，雪花纷纷扬扬，漫天飞舞，下得正欢。下午，雪仍未停，大院里的樟树、桂花树全积满了厚厚的雪。平时欢快的鸟儿不见了，它们到哪儿去了呢？是躲在暖暖的巢里没出来，还是飞到暖和的南方去了？

冬至深夜，睡梦中忽听见母亲对麦刚说："儿啊，刮雪风了，快给我准备点柴火。"麦刚猛然醒来，窗外果然寒风阵阵，将思绪吹得四处游走，难以安睡。

母亲怕冷，冬季几乎都在火炉屋里度过。山村人家，家家都有间取暖的屋子，倚墙挖个坑，四周垒砌砖块，俗称火塘，人围塘而坐，这是农家简陋而又实在的"空调""壁炉"，消耗的能源是柴火。好在山村房前屋后，山上山下，四处是柴火。

每年山村下雪的日子里若没特殊情况，麦刚会特意休几天假，回去给母亲准备柴火。如今母亲去了天国，儿女不在身边，只能祈祷天国里四季如春，母亲不要再为柴火担忧。

一只猫从麦刚办公室窗前迈着方步走过，毛发的颜色黄中带白。院子里的猫之所以能繁衍生息，全凭它强大的生存能力。猛虎总是独行，牛羊才成群。猫也是孤独的，很少见成群的，尤其是院子里的猫，总是形单影只，犹如一个喜欢孤独之人，踽踽独行。

站在窗前，麦刚凝视着雪景，院子里非常安静，见不到一个行人，或许雪天无人愿意出来，唯独几只猫在雪中孤独地行走，或许它们是出去觅食。院子里的猫，不像家中的宠物猫有定食，吃饱肚子全靠自己去找寻。麦刚忽然觉得自己像只猫，孤独，无助，弱小，想生存下去，全靠自己去拼搏。

周六，暖阳高照，雪仍未化，贼冷。西京雨少，伞也难得用几回。天气预报说今天要下中雪，看来天上的事还是难预测。

这么冷的天，妻子想去走山，要麦刚陪她。麦刚不爱动，不太想去。可想想整天窝在家里也难受，最后他还是出了门。

寒风阵阵，路上人稀。从古城墙洞口进山，麦刚有些意外，因为散步山道上干干净净，想必一大早就有人来清理了，这种敬业精神，好是感动。一座城市的运转，总有人在默默无闻地付出。正如一个国家的安全，是无数军人全天默默无闻无私奉献守护而来的。

城市与山一墙之隔，温度相差好几度。山里空气清新，能见度好，往日夜间散步时未发现的东西，在白天便会看得清清楚楚，尤其是远处银子山的山顶，酷似雪域高原的布达拉宫，在阳光的照射下，熠熠生辉，蔚为壮观。一路拍照，一路欣赏路旁的美景，麦刚的心情好了起来。

周日，下雨夹雪，温度低，奇冷，麦刚一天未出门。

麦刚坐在电脑前写作，主题是关于中年的。如今已到中年的麦刚对这方面的素材非常关注。有人称中年不如狗，还有人说人到中年越过山丘。麦刚独辟蹊径：人到中年，看开惜福。

晚上，麦刚在朋友圈里发现有篇文章《"为了忘却的纪念"：众报馆停刊版》，陡然想起明天正好是振海报停刊两周年，原来这篇文章是休刊两周年祭。

振海集团改革遗留下来的小单位，有的已被集团总部接管，有的正式确定保留，眼下依然只剩下报社、创作室、演出队和电影队等着靴子落地。

朋友圈里又出现文章《730 天，两个年轻新闻人的深情守望》，同样是写报社停刊两周年，几个北漂帮工的新闻人的生活现状，更多的是为自己的前景堪忧，为命运鸣不平。

第二十六章

天气似乎在坐过山车，昨天陡然升至 12 摄氏度，今天又变了，难怪昨晚麦刚睡到半夜十分难受，浑身出汗。根据生活经验，这样反常往往就是要变天了。

早上推开单元门去上班，麦刚发觉外面果然在下小雨，天黑沉沉的，似是要坠落下来，让人感到压抑。

进到东海集团大院，麦刚在转盘处发现，两边的花又被铲掉了，开始种草皮。转盘两边不知折腾多少次了，一则是浪费，成本人工，不计其数；二则是没这个必要，人行道两边花有花的意义，草有草的价值，只要种上了东西，没必要老去折腾。集团大院管理部门的人不弄点事出来折腾，似乎管理水平发挥不出来。

麦刚不由得想起某单位两任领导移水塔的故事。前任领导发现水塔建在办公楼前面压抑，有挡风水之嫌，遂下令拆掉办公楼后面的假山，将水塔移过去，楼前全部种上花草。新领导上任后，每天在院子里散步，左看右看，总觉得水塔放办公楼后面不妥，不但影响整体布局，还像个大尾巴竖着，难怪单位好多工作垫底，还老出事，于是下令将水塔移回办公楼前，楼后重建假山。

　　麦刚又提醒自己，管它折腾不折腾，反正自己已沦为院子里的过客，也待不了几天了，别咸吃萝卜淡操心。

　　下班回家路上，麦刚获知，集团总部干部管理出了新政策，退休老干部车辆保障取消了，干部住房面积也有新标准，超标的按市场价自己掏钱补齐。一石激起千层浪，许多超面积的老干部惴惴不安。当天晚上，麦刚接到改革留守办的电话，通知要核实住房面积，次日上午家中留人，他们会上门实地测量杂物间的面积。麦刚住的经济适用房面积正好符合老标准，新标准稍微超点。补就补点钱吧，反正集团总部的政策是初一十五不一样。后来集团总部新住房标准遭上下普遍质疑，作废后又出新标准，麦刚的住房面积甚至不够，倒是没人过问。

　　麦刚正在办公室忙写稿，久违的电话铃声响起，是原集团生产技术部的老乡张成的电话，他的消息令麦刚震惊——草山公司的章书记跳楼了。

　　麦刚认识章书记，他是原振海集团副总的儿子，早先在生产技术部要害部门当秘书，后来空降下去任职，直至升为单位的书记，年轻有为，前途无量。祸起萧墙的是章书记当秘书时，单位领导钱冲因被工程老板供出，被纪委带走留置。此事持续发酵，承包工程的老板还供出，当年给领导行贿时，也给了其时当秘书的章书记 30 万元。

纪委找章书记核查此事，章书记知道证据已坐实，立即承认了，当天就将 30 万元退了。

退完钱，章书记有些天真，以为太平无事了。

临走时，纪委的人对章书记说："这段时间你就不要外出了，我们有事还会随时找你。"

章书记听完，猛然一惊。过去有父亲罩着，顺风顺水，陡然出这事，无法接受，后面再查其他问题，仕途和声誉都将化为泡影。

当晚，章书记精神恍惚，回家后爬上小区楼顶，纵身一跃，脑袋着地，当场死亡。

在当前反腐的形势下，无论贪多少，只要问题交代清楚，积极退款，也不至去死。反腐风越吹越强劲，有问题的官员坐立不安，茶饭不思。

章书记的父亲见到儿子的惨状，悲痛欲绝，晕过去好几次。这种痛苦可以想象，老年丧子是人生三大不幸之一。

章书记出了这等事，按常理他的丧事该低调。出人意料的是家里还是给章书记搞了个隆重的遗体告别仪式，人死为大，可理解。人家儿子没了，至于现场去了什么人，也没人计较。只是现场挽联上写着"一身正气男儿骨，火红青春赤子心"，被人拍到，在网上疯传。

麦刚在一楼大厅转圈时想，一人得道，鸡犬升天，七大姑八大姨都沾光，在过去是常态，如今已成过去式，上下反腐无死角，不要心存侥幸。

第二十七章

上午，集团总部报社的人给麦刚来电话，说他们已在定最终的人员安置方案，改革序幕拉开了。

两年多的等待，上层媒体改革的靴子即将落地，麦刚隐隐猜到自己的结局大概不是很理想，只是祈祷淘汰的理由和姿势不要太难看，以至在心里留下阴影，影响余生。

振海报社召开久违的大会，吉福社长真的要去琼州报到了，回来正式向大家告别，并与德宏副社长交接工作。

过去有人履新是开心之事，如今报社这艘船快要沉没了，除了伤感，还是伤感。吉福社长本来到报社是想过渡的，因某个环节上出了问题没成，最后只能随波逐流，平调去了琼州任职，心有不甘。碰上改革，个人的命运难以驾驭，何况他还有个工作岗位继续工作，比报社其他人要幸运得多。

　　吉福社长带头发言，言语多是言谢感恩，难舍难分。最后，祝愿大家心想事成，真诚邀请大家去琼州玩。

　　按惯例报社其他人员依次发了言。分别，说点开心的话，留下美好的回忆。麦刚也对吉福社长赞美了几点。最后，德宏副社长作总结。这个时候说啥都徒劳无益，因为报社的结局已明了。

　　今年，振海报社如果还在正常办报，正好成立 40 周年。报社 30 周年时举办过大庆，搞了"五个一"：开一个庆祝大会、召开一个老同志参加的座谈会、出一本书、出一期专刊、搞一次集体出游活动。麦刚清晰地记得，那年大庆热闹，喜庆。麦刚主要负责老干部的接待保障工作。谁也不会想到，下一个十年未满，报社就没了。

　　送走振海报社末任社长，麦刚心情如阴沉小雨天，压抑，无助。真不知下一个通知来，自己是个怎样的结局？又有谁来抚慰他受伤难过的心？

　　改革期间，很多过去正常的事，如今都变得不正常了；过去能办的事，现在办不了了。

　　吉福社长履新，单位本该安排个送行宴。可如今有规定，不行。改革不可能照顾方方面面，也易将一些传统忽视掉，正如给孩子洗澡，不注意也会将孩子和水一起倒掉。

　　正巧还有另外两人也要离开报社，德宏副社长思来想去，自掏腰包摆个送行宴。或许多年后大家回忆这些事情，会唏嘘，会大笑，甚至不敢相信。

送行宴的地点选在大院旁边的兴福楼。兴福楼，名字喜庆吉祥，正合送行宴之意。但对于处在闲置状态的人来说，难有高兴、幸福之感。

不过送行宴还是要喜气洋洋。席间，大家一扫往日的阴霾，兴奋地拎着大壶向前冲，这种场面，这种气氛，好久未见了。

送行宴上，麦刚没兴奋，也难有激情，他的激情早被现实碾得粉碎。现实就是这样残酷。

报社这艘船继续下沉，天天都在倒计时，或许过两天就要没过水面。

第二十八章

转眼又到年底，今年西京的雪下得比往年要早，持续几天都没停，非常少见。

今天，雪总算停了，但天气异常寒冷，零下 7 摄氏度，甚至零下 10 摄氏度。

早上出门，麦刚走在未化的雪地里，一阵寒风吹来，他打了个冷战。他发现仅小区和单元门口的雪被清除了，门口的雪没动。改革之后，麦刚住的小区周围被分成几个单位管理，进出的小巷成无主巷，车辆乱停，影响通行，业主们反复打政府热线，未见好转。后来大家齐心协力，每天轮流打政府热线，终于交警出动，通知车主，若不开走就拖车，还给小巷命了名，终于彻底治愈了小巷的顽疾。

雪天巷子里扫雪，扯皮的事没人管。真像和尚喝水的故事，一个和尚挑水喝，二个和尚扛水喝，三个和尚没水喝。

改革后的东海大院也差不多，生产技术部这边扫得干干净净，与办公室接口处和家属院却无人问津，这是往年不可能出现的情况。显然新单位刚成立，有些方面尚未接轨。

年关越来越近了，对于今年这个年，麦刚一点激情都没有，主要是决定不回老家，加上改革即将收尾，也不知年前年后，办公室还能去几天。或许随时一声通知，明天就要回家了，面临分流或提前退休，这样的年过得有啥意思？

距离过年还剩十天，集团大院上班的人明显减少了。已经立春了，可路旁仍白雪皑皑，天气异常寒冷。没了单位的人的心，如天气一样冷。

持续低温，天贼冷，开着空调，室内的温度好久都升不上去，麦刚坐下，双脚冰凉，无法写作，只能打开取暖器。写作最需要有个舒适的环境，还要有个好心情。麦刚常想到一些作家在贫困潦倒之时，依然坚持写作，甚至写出了传世之作。想想这些作家执着的专业精神，麦刚似乎有了些动力，克服了不少困难。

儿子这几天连续上研究生考试补习班，每天回家很晚，本来晚上六点二十分就该到家，今天一直到六点四十分依然未见动静。麦刚饿得胃隐隐生痛，本想先吃，但想想儿子和自己当下一样不容易，又打消了念头，坚持要等他一起吃顿饭。随着儿子大学生活的结束，将来父子俩一起吃饭的机会只会越来越少，要多多珍惜。

　　农历腊月二十二日，上班的人更少了。今年不回家过年，麦刚的心中一点盼头都没有，好像过不过年都无所谓了。在西京过年，早没了感觉，毕竟自己是外地人，根不在这里，举目无亲，更显孤单。何况如今春节时城里是一座空城，能走的都走了，留在西京过年，难见年味。

　　雪仍未完全化掉，持续低温。

　　年越来越近，往年大院里早热闹开了，基层来拜年，机关或部门发年货，忙得不亦乐乎。

　　今年地方单位来东海集团慰问，人人一个大礼包。麦刚众同仁借住在此办公，犹如孤悬海外，无人问津，姥姥不疼，舅舅不爱。

　　此次集团改革，新闻工作也随之改革，过去的指标评比被取消，上了稿件的不表扬，没上稿件的也不批评，新闻人四散。三十年河东，三十年河西。新闻专职人员的编制也取消了。

　　早上麦刚起来，嗓子难受，晚上越来越严重，浑身不舒服，老想睡觉，好像感冒了，有病来如山倒之势。吃了两天药，不见效。快过年了，真不知哪天才会好。

　　在西京过年，家里不会来客人，年货不必准备过多。因身体不适，麦刚就让妻子一人代劳，他只想躺在床上休息。

　　以往妻子和邻居家达成了默契，两家轮流贴春联。今年大年三十早上，麦刚推门外出，见邻居家正给两家贴春联，门上挂了大红福字，总算有了点年味。

妻子带儿子去了一趟超市，购回了一大堆年货，吃的用的都有。

西京禁放鞭炮多年，今年连个零星的鞭炮声都没有，小区的人大多数都回去过年了，这片地方安静得好像被世界遗忘了，找不到一丝年味。

吃过晚饭，麦刚看一会儿电视，给了儿子压岁钱，觉得感冒尚未好，就早早上床了，看了会儿书，发发拜年信息，他也就休息了。

年，年年这样过。对于麦刚这个年纪的人来说，过年意味着向老年又迈进了一步，于是渐渐有种怕年的感觉。过了半百后，麦刚觉得人生已开始步入后三十年，如何过好，得好好地盘算盘算，一定要计划好，活出点意思来。

大年初一，麦刚早起，不愿睡懒觉，没想到起床就接到了几个拜年电话。这个时候还有人惦记，麦刚感到意外，也有几丝慰藉。即使世界想把他遗忘，但总有人还会想起他，他也就不会从这个世界消失。

麦刚看了一会儿书，又看了会儿电视，没什么兴致。

天气不错，阳光洒满西京，麦刚突然想吃点青菜豆腐汤。给儿子一说，妻子马上提醒，卖菜的人全都回去过年了，今天买不到豆腐。

　　麦刚还是出了门，主要是想出去走走。路上行人稀少，偶尔有汽车匆匆而过。过了邮局，进了小巷，拐到菜场门口，两旁竟然有摆地摊的，也有卖菜的，还有卖日用品的。麦刚仔细瞧瞧，就是没有卖豆腐的摊子。拐进菜场，里面一片漆黑，只有入口处有个摊位在营业，大抵只有这家摊主留在西京过年，想趁此机会赚点钱，这年头做生意不容易，他家或许和麦刚一样，这个年过得平淡无味。

　　麦刚失望而回，午餐没胃口，吃一点就下桌了。

　　大年初三，变天了，下起了小雨。在家烦闷，本想去皇宫遗址公园散散步，可雨将他困在家里，寸步难行，心更烦。

　　天阴冷，城市很静。

　　正月初四，趁雨停的间隙，麦刚赶紧出门散散心，在皇宫遗址公园里走了几圈。公园里行人稀少，间或有游人从正门或后门进来，匆匆拍几张照就闪了。

　　假期总算要结束了，电视新闻或朋友圈中多是路上堵车的消息。例如，某地因大雾，有万辆车被堵，正等着过江。节假日不管到哪儿人都多，一扎堆就受罪。

第二十九章

　　春雨说来就来，麦刚早上起来本想出去走走，可下雨寸步难行，只能又坐在电脑前修改稿件。

　　下午看了一会儿《建军大业》，确实如网上批评的那样，一群奶油小生演技一般，甚至有些夸张，尤其是一些情节与史实有很大的出入，逻辑也对不上。

　　德宏副社长组个饭局，说是又有人要走，欢送一下。

　　麦刚不太想去，但为了大局，照顾面子，最后还是答应了。如今报社要散伙了，一起吃饭，大家的心都不在饭上。席间，本来就没什么兴致，陡然有人说，起初计划是几家聚聚，小圈子活动一下，后晏草田提议，方才改成大家聚聚，今日还得要感谢他。

　　麦刚听后，更没了兴致，甚至有些难过，好像这顿饭是为了照顾大家，来之不易。不是照顾面子，谁会想吃这个饭呢？麦刚想离席而去。

这次走的是江勇，调集团总部办新媒体。这两年报纸停办，江勇办的振海公众号一直没停，大胆转型，执着前行，敢于创新，写了无数个阅读量超 10 万的推文，是报社由传统媒体转为新媒体的先锋。他的行动验证了有作为才有地位的说法，让他去总部办公众号，只会更上一层楼。

江勇早先在集团后勤部下属单位搞新闻风生水起，后来调进报社。他进报社来报到的第一天，麦刚当场半开玩笑似的给他泼了盆冷水："你这么优秀，咋到这个地方来了？"

江勇听后脸上明显不悦。麦刚知道自己话说得太直，急忙又安慰他："当然，人各有志，毕竟这里是大机关，将来机会多一些。"

后来江勇进报社，像麦刚预料的那样，遇到过一些事，只是从未向他点破。如今江勇北上打拼，麦刚真诚送上祝福。

麦刚在自己的公众号"世间况味"推送题为《父亲，天堂里可有鸡打鸣》的文章，反响不错。公众号"人生之旅"主动转发，其中一位读者的留言是："作者是一位不逐潮流，但永不'落伍'的高情怀、高境界文化人。淡雅又温暖！他的笔触，都是深深地根植于滋养我们的'皇天后土''苍茫大地'。不矫作，不虚夸，更不去追随时尚的繁杂与风韵。我生故我在！就这样，如清泉石上流！正好，春来花自开！"

　　这是麦刚办公众号以来，见过最让人开心的留言。读者中自有高手，此人文字功底深厚，读懂了麦刚写的每篇文章，让麦刚找到了真正的知音。

第三十章

又是新的一天。麦刚在一楼小厅转圈，从左向右转一圈是 33 步，从右向左转一圈也是 33 步。

麦刚有时觉得自己像个上了战场的士兵，大家本来一起坚守阵地，突然一个个堂而皇之地走了，仅剩他还在坚守，誓死不撤，舍命相搏。这些日子，麦刚更敏锐地听到报社这艘船下沉的声音，闻到海水带腥的咸味，还听到海风、海鸟的声音。

上午，写累了，麦刚就到小花园里去看看，散散心。突然麦刚接到老家高乡市易区长来电，称昨天就在麦刚老家吃晚饭，今天来西京办事。昨晚二哥请几个朋友到家中聚聚，邀请了易区长。二哥早告诉麦刚了。

易区长对麦刚说："老哥，高乡市的吕市长也在西京，参加短期培训班,想请您晚上组个饭局,邀请市长一起聚聚。"

麦刚和家乡的领导关系处得不错,常有互动。当天组个饭局,是紧急拉动,出于感情,麦刚急忙返回办公室开始安排。易区长在电话中提议,地点选在集团大院附近,或是靠近市长学习的地方。麦刚思来想去,定在华北饭店,此店离市长学习的地方近,而且自己在这家店里有个熟悉的主管。

麦刚打电话给主管,主管甚是热情,麻溜地帮他定了个豪华包间,还给厨房打了招呼。

麦刚叫上老家高乡几个朋友,带上西京产的高档酒,三拨人马共12人。易区长的搭档郑书记刚提升,他想顺利接班,饭局的意思麦刚十分明了。席间,麦刚借此赞扬一下老家区里的变化,还有区长的政绩,治了一条河,建了两个亭,跑烂三双鞋,四处留好口碑,村村有新变化,家家住新楼房……整个饭局,市长开心,区长高兴,麦刚圆满完成任务。

第二天,区长还给麦刚打电话:"老哥,一定要帮忙把市长款待好,市长人不错。"

麦刚考虑区长有大事相托,不能马虎,就用微信给市长发了条信息。

不一会儿,市长回复:"我在班上当班长,培训班的要求甚严,出来不便,有需要会和您联系。"

话说到了,情也表达了,也好和区长交差了。麦刚截个图给区长发了过去。

杜月笙说过，人生三碗面最难吃：人面、情面和场面。

天不怕，地不怕，就怕老家打电话。自从麦刚调进西京工作，老家这边经常有人找他，多是由家人、朋友、同学介绍，实在抹不开情面，他总是想方设法办好。

麦刚接连喝了两场喜酒，一场是老单位早西老乡吕真的女儿出嫁，另一场是报社老领导黄宣志的儿子结婚。

别人请了，不管开心，还是不开心，一定要去。所谓不开心倒不是怕随礼，主要是不想见早忘了的人。

两次宴席上，麦刚仅礼节性地敬敬酒，多是低头静静地吃。

回头看看，单位共事，或长或短，当领导的一定要对部属公平公正，事关切身利益的事尽量一碗水端平，站在对方角度想想，不能坑人，更不能整人。做人留一线，日后好再见。分别了，平时或许是不想见面，也见不着面，但单位同事办喜宴，还是要见面的。过去利用手中一点权力祸害他人，从此结怨，见面就难堪了。

第三十一章

报纸停办了，报社要解散了，在人情冷落车马稀的日子里，唯一记得麦刚、挂念麦刚的人是银行或骗子。银行每天都会给麦刚发贷款信息，额度从几万到几十万，好似不要利息。另一个就是骗子，总想方设法让麦刚上当，骗点麦刚的钱，这些都让他不堪其扰。

这天惯用猜猜看的骗子上场，一口浓重口音，一听就露馅。麦刚就故意说："你是老王八？"

对方赶紧接话："对，我是老王。"

麦刚大笑："你不是早出车祸死了，现场好惨啊，两只眼睛都……"

还没说完，骗子就把电话挂了。

更可笑的是，一天麦刚接到明显带有南方口音的女骗子的电话："你是麦刚吧，西京锣楼区法院有你传票……"

麦刚实在火了，大声斥责："你普通话都学不好，还能冒称西京法官行骗，脑子有病啊！"

麦刚最后调侃女骗子："告诉你一条更好的致富路。"

女骗子还真信，问他干啥。

麦刚说："你到西京公安局来自首！"

女骗子生气地挂了电话。

榕州集团传达了集团总部领导章光上吊自杀事件。章光除了不吸毒，其他坏事干尽，贪污了两个多亿。事情败露后，他老婆竟然放任他自杀。他的死一直是个谜，因为他活着，多少人会睡不着，多少人会陷进去，死了，死无对证，一了百了。

高温季节，人走在太阳下有快要窒息的感觉。麦刚站在单元门口犹豫了一下，还是想去办公室，不想在家浪费时间。到了办公室，无人打扰，还能思考点什么，写点有意思的东西，大脑不会闲着。

大楼一楼西侧，如往日寂静。喝完茶，麦刚到小厅里转圈，从左向右是 33 步，从右向左也是 33 步。数字 3 在麦刚老家是个不吉利的数字，还两个 3，是巧合，还是冥冥之中命运注定？不得而知。反正，麦刚总感觉这不是好兆头。

晚饭后，麦刚出门散步，在小区门口的巷子里迎面碰见老何，他是报社的摄影记者，人很不错，退休好多年了。他头顶一片白，一直不曾染过。麦刚和他打招呼，他见到麦刚笑笑说："你还是这么年轻。"

麦刚回道："早不年轻了，已是半百之人，现在还没地方收留。"

老何说："下午在路上碰见报社的晏草田，告诉我报社仅剩六七个人，差不多真要解散了。"

麦刚听后，似乎有股悲哀由脚下直向上涌，浑身发冷。

麦刚进了皇宫遗址公园，厕所旁边有个瘦小伙在练踢腿，麦刚注意他好几天了，或许家人想让他通过锻炼，体质变得更强一些。另一旁有个坐在轮上观看的中年人，神情有些呆滞，或许他见到小伙子这一幕，又想起了自己的健康岁月。如今一场变故，一次意外，一切都是梦了。

其实，麦刚也有些走神，觉得自己的际遇同他相似。似乎一切只是一场梦，一刹那间工作停摆，曾经的职业光环一闪而过，永远成了一个梦。

这世间，处处充满不确定的因素，比如健康，比如工作，比如家庭，不变的事极少。往往走得最急的，都是最美的时光。

第三十二章

　　早上八点，麦刚准时走进大楼一楼西侧。这个曾经热闹的地方，如今冷冷清清。每天这么大的一层楼，仅他一人上班，安静得连掉根针都听得见。

　　鲁豫在一次题为《未来正来》的演讲中，提到自己曾问过许多嘉宾："未来应如何应对？"他们给出了很多答案，但其中让她印象最深刻的一个词是"坚持"。

　　宫崎骏也曾说："努力过后，才知道许多事情，坚持坚持就过来了。"

　　麦刚开始学着适应眼前这种环境，甚至逼着自己静下来。寂寞难受时，他就逼着自己看书、写作，与书中的人物对话，与稿件中的人物交流命运。他极喜欢"闭门即是深山，读书随处净土"这句话，这是陈继儒《小窗幽记》里的句子。上句意思是说关门闭户，与外界嘈杂隔开，就像隐居深山，清净自得。当然了，这里的深山未必就是荒野山岭，重点强调的是内心的古朴安适。下句说读书才能远离喧嚣，守得一方净土。

佛教认为，净土即清净的地方，就是佛、菩萨居住的清净世界，没有尘世污染的世界。

如今用这两句话来形容麦刚此时的境遇太贴切了，闭门开始静心，读书得以心静。因为没人会关注他。只有自己把伤口遮起来，自己安慰自己，干点自己喜欢的事情，打发每个清闲日子，不让日子荒废。因为每个不曾起舞的日子，都是对生命的浪费。

昨晚起了一阵狂风，洒下零星雨点。虽然雨晃悠一下就走了，但家里依旧闷热。

今天"世间况味"推送的文章反响不错，仅一天的阅读量就达 6000，这是麦刚办公众号以来之最。如今不痛不痒的文章甚多，直达问题深处的文章甚少。麦刚想学鲁迅，用自己这把微小的匕首，刺向社会最黑暗的地方，让阳光最终普照大地，护佑苍生。

尽管每天没工作任务，麦刚还是天天坚持上班，因为在办公室里心能安静一些，如果不来上班，天天闷在家里，更是难受，甚至会急出病来。

麦刚到德宏副社长这里聊天，他也有些悲观。不过麦刚早知道，他下步要到东海集团办公室去工作，管人事的朋友早向麦刚透过风声，所以麦刚现在只是佯装不知。

麦刚早已不抱什么幻想，只能走一步算一步，能走到哪步算哪步。眼下要做的，就是静下心来写点自己喜欢的文章。

中午因回小区的班车出了情况，麦刚只好去东海集团的食堂凑合一顿。

进了食堂，麦刚发现左边已开辟自助餐区，工作人员站在旁边伸手拦住了他，提示要他到旁边去就餐。

一旁认识麦刚的人热情解释："这是报社的。"

工作人员迟疑一会儿，手才慢慢放下来。

麦刚掏出饭卡，贴在收费机上，"啪"的一声，显示出扣费两元。工作人员不再吱声了。

麦刚再次走进曾经熟悉的食堂，却感觉有点陌生了，打菜时有个工作人员特意在旁边走动，似乎是在监督麦刚，怕他打多了。

伙食"六菜一汤"，四荤两蔬，味道不错。想想以前，一茬又一茬的集团领导和办公室领导都没干成这事。

第三十三章

上午听到令人震惊的消息，报社驾驶员晓宗的女朋友昨天跳楼了，据说是患了抑郁症。

昨天清晨，晓宗接到女友最后告别的电话后，心急火燎地出了大院，等他紧赶慢赶到女朋友居住的小区时，女朋友从楼上的窗口看了他最后一眼，就纵身一跃，掉在了一楼住户空调的外机上，其状惨不忍睹，一个年轻的生命瞬间消逝了。

小区的人报案后，派出所到现场了解情况，最后找到报社，请报社给晓宗出个情况证明。

出了这么大的事，晓宗的天塌了下来，整天以泪洗面。过去，麦刚常夸晓宗好日子开始了，因为他贷款一百多万元在西京的河西买了套小房子，总算能在房价高得离谱的西京立了足。女朋友也过来与他团聚，哪知后来会出这样不幸之事。

造化弄人，人的生命如此之脆弱，说没了就没了！听晓宗说，女友是个博士，早先在海城工作。来西京后，应聘到一家国企工作。她因才华出众，招人嫉妒，因而被同事百般刁难打压，甚至无中生有地诋毁她，最终让她无路可走，患上抑郁症，走上了绝路。

持续高温，今天再次去食堂吃饭。经过协调，榕州集团的员工可以正式在此搭伙。既然是搭伙，麦刚还是自觉坐在边上或拐角处，生怕东海集团的人看后生厌。寄人篱下过日子，滋味不好受。

上午报社的章河碰见麦刚，麦刚故意问他，听说你找人了？他说是找了，让麦刚也去找找。麦刚说："如今没什么人可找了，也无人愿意帮忙。"德宏副社长明确表态，不会为大家的事去求人。麦刚想，天要下雨，娘要嫁，只能随他去了。不过没多久，集团总部给报社下了选人的通知，年龄正好卡着章河，麦刚才知他确实找到人了。

常言道："黑夜思量千条路，清早起来磨豆腐。"

这话挺有意思，主要是因为"黑夜"限定了环境。白天那么忙乱，那么难以心静，脑袋都是短路的，只好乖顺地跟着陀螺旋转，哪有时间与心思去盘算沉重的话题。黑夜就不一样了，黑夜有多黑，想象就有多远，它静谧、安稳、辽阔、曼妙，不着边际。

老人常说，白天做不到的事，夜里能做到。

夜里，是一个可以任性铺张的空间，也是一段沉潜着暗力量的时间。

白天哪懂夜的黑？黑夜有撩人的妖娆，有呼吸的自由，有思绪的远眺，有梦境的迷离。

郑板桥惯于在黑夜向内用力，思量绘画的义理：

"四十年来画竹枝，日间挥写夜间思。冗繁削尽留清瘦，画到生时是熟时。"

到了李白，画风大变，挂念在黑夜里怎么个玩耍法：

"古人秉烛夜游，良有以也。"

可惜，卖苦力的哪来这般兴致。不分昼夜地讨生活，为柴米油盐酱醋挥洒汗水，茶都顾不及喝一口，直至夜深才得以喘口气，将一捋漫长人生的子丑寅卯。

再说"千条路"。当然是夸张，道出的却是思量的广度，思维的延伸宽度。到底干点啥，把剩下的日子对付过去呢？

麦刚常在黑夜里信马由缰，任思绪四处奔驰，尤其想着怎样走上写作路，路上发生些什么，有些何人何事令人记忆犹新，或是刻骨铭心，眼下路怎么走，将来又要走到哪儿去？有时，还梦见自己在采访路上，在办公桌前修改大样，在基层授课的讲台上，在岛上体验生活……然而，这一切现在都结束了，一切难以再现，清早起来吃过早饭，又像往常一样写作或看书。

　　麦刚始终明白和清醒：千条路，万条路，最终仅有一条路——静下心来写点东西，才是唯一的出路。

第三十四章

似乎这两天气温更高了，人走在一楼过道里有些难受，肚子也不太舒服，像是要生病了。

报社女编辑米亚在朋友圈里发了一段话：社会就像一棵爬满猴子的树，往上看都是屁股，往下看都是笑脸，左右看都是耳目，尤其是在职场。

此话麦刚早就看过，但如今想想，真的是太形象了。上面都是马屁，等着人去拍，左右都是耳目，如果乱说话，对领导不敬，身边的耳目就会往上传。向下一看，都是谄媚的笑脸，不会给你说半句真心话，句句都是假话、套话、空话。

麦刚记得，报社有个人中午就餐时开了句玩笑，结果下午上班，社长就把他叫到办公室，猛批一顿。显然，这是耳目传的话。想想好可怕，麦刚平时大大咧咧，快言快语，旁边的耳目不知传了他多少坏话。

高乡小老乡麦子波约麦刚去郊区玩玩，好好放松一下。

高温季节，整天无精打采，到郊区去散散心，是难得的机会。麦刚爽快答应。

汽车飞奔，从繁华的市区到偏僻的乡村，再拐上小路，原来要去的地方叫泥塘人家，是刚开发的景点，毗邻徽省马山。这里的房子均为徽派建筑，飞檐翘角，粉墙黛瓦，小桥流水人家。

天空与塘水一样澄澈。一种干净无瑕的蓝，映照着麦刚幽微尘世的山野之梦，田园之梦。

麦刚捡起一块单薄残缺的砖瓦，上面布满青苔，能嗅到它体内的潮湿和经年的寂寞。山风摇过，他仰起脸来，任树上的雨水一滴滴地落在他的眼睛里，仿若在与古人完成一次气息的连接。毕竟是郊区，这里没什么人气，时间将菜圃、屋舍、鸡犬处处的村落抹得只剩孤单与寂寞。

麦刚独自沿一条小径漫步，路两边的紫薇花开得正艳。花儿无拘无束，无所顾忌，既不必模仿谁，也不必取悦谁。在郊区，一朵紫薇只要开成一朵紫薇的样子就足够了。紫薇有紫薇的样子，狗尾巴草是狗尾巴草的样子，在大自然中，在时间的序列里，每一朵花、每一株草只需要做好自己就好。它们不必仰人鼻息，不必做出选择，既不屠戮也不伤害什么。在紫薇与狗尾巴草之间，又能说谁比谁高贵或卑贱？

麦刚常把自己比作田里的一株麦子，刚劲的麦子，简单、朴实、普通、上进、平凡、干练、坚强，要求甚少，只为奉献。但他更多的是把自己比作一根狗尾巴草，来自乡野，普通、低调、极不起眼，牛不吃，猪不要，鱼不咬，除了装点大地，还有个作用——河沟里抓到的小鱼，可用其串起来提回家。

朋友圈里有篇文章《黄公望 50 岁学画画》，此文有些符合麦刚此际的现状与心境。

黄公望 46 岁时连带坐牢，50 岁远离官场，隐于江湖，开始拜师学画画。

79 岁的黄公望在浙江的富阳住下，每天都是一个人，孤零零地到富春江边看山看水。

被人推下水，又被樵夫救起后，他踏上了沿江而下的驿道，走了不到十里路，来到一个叫庙山坞的山沟。他就此住下，一住就是四年。这四年里，天一亮，黄公望就戴着竹笠，穿着芒鞋出门，沿江走数十里，风雨无阻。

黄公望 80 岁那年，开始画《富春山居图》。

四年之后，黄公望 84 岁，被后世称为"中国十大传世名画"之一的《富春山居图》全部完成。在这幅画里，有苏东坡想看的"远山长、云山乱、晓山青"，也有屈原想看到的沧浪之水，可以濯吾缨。黄公望仿佛听到了河流喜悦的声音，听到了河流哭泣的声音，也听到了自己曾经的春风得意马蹄疾。画中，黄公望把人藏在山水之中，画里有 8 个人，但显露出来的只有 5 个。在黄公望看来，人在山水之中，不需要被别人看到，回首一生，其实就是也无风雨也无晴。

600 多年前，80 岁的黄公望只做了一件事，就是完成自我。

和普通人相比，黄公望也许是孤独的，也许是苦闷的，没有灯红酒绿，也没有推杯换盏的声色犬马。但人的生命中最承受不起的不是劳苦、不是疲惫，而是轻浮，轻浮得没有生命的重量和生命的价值。

所以说，黄公望又是幸福的，在这幅"远山长、云山乱、晓山青"的画里，他找到了整个世界。

现实生活里，麦刚常听人说自己年龄大了，无法重来，无法前行。

从黄公望身上他看到，真正牵绊我们前行的不是年龄，而是懒惰和怀疑。真正想干大事的人，懂得断舍离，敢于告别昨天，随时可出发，便会海阔天空。

作家三毛说："等待和犹豫是这个世界上最无情的杀手。"往往很多人一直在等一个最合适的时机做自己想做的事，然后又一直在犹豫中虚度时光。

麦刚去过浙江的桐庐，游过富春江，也在当地听过黄公望的故事，对黄公望的一生更有深切真实的体会。他常在孤独苦闷中提醒自己，不能让懒惰牵绊自己，决定要干一件事情，就立即动手，随时出发，希望就在前方，等待永远是场空！

第三十五章

昨晚一夜雨，今天明显凉快。立秋后，真是一场秋雨一场凉。

上午，受台风的影响，雨仍未止。

雨天，报社一楼西侧更是静谧，唯有麦刚敲击键盘的声音，或是在小厅内走动的声响。

古时官员被贬，被流放到偏远的边疆或是海岛，有的后来又被重用，有的留在当地未曾挪窝，有的病死在返回的路上。

麦刚觉得自己的现状有点像古时被流放之官，只是不在边疆或海岛，而是暂时借栖在别人单位，每天无人过问，你来也好，你去也罢，全由自己支配。古时被发配的官员还有份工作，有俸禄，可为民办点小事或大事。麦刚常想，自己能办什么事呢？当然，他也知道，想办也是心有余而力不从心。

麦刚在公众号"世间况味"中推送的文章《千年古村为何让我如此惊艳》，反响一般。此文他下了一番功夫，在写法上也做了一些新的尝试，文美意深，可真正能读懂的人不多。现在的人比较浮躁，很少有人会静下心来读完一篇文章。常常有人见到一篇文章，只会来个随意的点赞，不会用心看看文中说了些什么，更不会从中获得感悟或启发。

麦刚从大学毕业就开始写材料，写新闻稿，后来办报，没日没夜地赶稿，落下了颈椎和腰椎劳损的病根，又不能彻底医治，只能是写作时注意，坐坐就站起来活动活动，缓解了又继续写。如今稍坐一会儿，浑身难受，真不知如此下去，还能写多久。

麦刚在《学习时报》上读了篇文章，标题是《不"写死"自己》。作者说早些年有种随笔模式，先是讲一个外国故事，主人公用第三人称代替，目的是制造悬念，然后是曲折、复杂的故事情节，越离奇越好，最后一段话或一句话是人生感想，全文主题升华。起初，他觉得有意思，但读多了之后便失了兴致。

文学是需要创新支撑的，写作者越有见识、手法越独特，内容越有吸引力，读者越有走近的兴趣。相反，如果写什么文章都希望找出"规律"，然后按"规律"一步步操作，久而久之，读者肯定会生出厌倦之心。正如天天吃同样的菜，穿相同的衣服，谁都容易生厌。

麦刚始终谨记，千万不能"写死"自己，只有不断创新写作方法，更新写作素材，作品才有生命力，才会赢得读者喜爱。反之，只会离读者越来越远。

昨夜暴雨突袭西京。瓢泼大雨从天空倾泻而下，宇宙好像坍塌了一角。积攒了整夏的雨水，似乎集中在秋夜里不顾一切地倾泻。雨骤风狂，天空似乎带着天神之怒，所过之处，惊雷滚滚。阴霾的天空被闪电划开，狰狞、恐怖。

清晨起来，天色欲坠，大雨未停，明显凉快多了。

昨天还听见蝉的鸣叫，今早下楼，雨中的草丛中传出了秋虫的呢喃，唧唧地叫个不停。或许虫子早就热得受不了了，急不可耐地等待立秋后的一场大雨，赶跑酷热的暑气，然后放声歌唱。秋虫是秋的歌者，更是秋来临的预报者。秋来了，一年的时光又不多了。日复一日，年复一年，人生苦短，当珍惜每一天。

德宏副社长来麦刚办公室，说有两件事，一是问问是否有困难需补助的对象要上报；二是榕州集团正式通知，要报社上报两个对象到东海集团办公室，他和晏草田增报在后面。麦刚知道这就是传说中那样，其实早就内定了，只是顺便给他说一下，不是征求意见。如今报社只剩下麦刚、章河和米亚。章河也快走了。报社解散的脚步越来越近，这艘船即将沉没海底。

德宏副社长还说，接下来准备让麦刚接管振海报社公众号，或许这是最后一根稻草，是将来可以与榕州集团谈判的唯一条件。有什么办法呢？麦刚只好应承下来，可对于以后的路如何走，有没有路，他不抱任何希望，顺其自然吧。

黄昏时分，麦刚登上银子山。暮色四起，云霞旖旎，山上的天空变幻出千万种颜色，每一种都是无与伦比的美，令人深陷其间难以自拔。在那样的时刻，唯有敬畏，唯有臣服。眺望远处，滚滚长江东逝水，浪花淘尽英雄，是非成败转头空，青山依旧在，几度夕阳红。古今多少事，都付笑谈中。

一个内心骄傲的人，只有在自然的大美面前才会低下头来，发出一声叹息。在虚无与虚无之间的这段有生，要怎样来度过？麦刚在山上有了新的思考。

第三十六章

米亚来到麦刚办公室。过去两年间，她只要听到报社要解散的消息，便会难受失态。今天，她除了叹息，还是叹息。

别人告诉麦刚，米亚曾去找过在东海集团工作的老社长朱星，她在他办公室门口连喊两声报告，朱社长坐在里面，硬是一声未吭，也没让她进办公室。想想报社曾经有名的才女，若不是没了出路，决不会去屈尊求人。

回到楼下，米亚还不甘心，仍给朱社长发了条信息，朱社长委婉地拒绝了。

米亚因此难过了好长时间，甚至无法从失望中走出来。

如今，米亚终于想通了，抛弃一切幻想，勇敢告别昨天，准备明年分流，自己去新领域闯荡闯荡，或许是条新路。

或许是同病相怜，米亚每次找麦刚聊天，都久久不想离开，可麦刚又不知该说些啥来安慰她，只能陪着叹息。想不到曾经站在船头桅杆上观察世界风云变幻的瞭望者，如今只能落魄、孤独地看着别人前途一片光明，而自己却一无所有。

麦刚失眠了，凌晨四点陡然醒来，想到自己即将成为无人收留的孤家寡人，想着人生的事业就要落幕了，他愁绪满怀。想想自己曾经的努力和付出，竟然只得到这个下场，他有些不甘心。有背景有运气的人，一帆风顺，而他的命运总是那么曲折，总是那么不幸……想到这里，他的胸口就一阵阵地难受。

天阴转雨，又一天开始了。麦刚在一楼小厅踱步，顺时针绕一圈是 33 步，逆时针绕一圈也是 33 步。

快三年了，挂在一楼评报栏里的报纸已发黄。张贴的最后一张报纸是 2015 年 12 月 11 日的，这天麦刚策划的一个专题稿，评上了优质稿，还是免检版。不过，一版头条刊登是《思想先胜，改革必成》，旁边还配评论文章《真正经得起利益得失的考验》，麦刚想想便有一丝无奈与心酸。

万万没想到的是，这些办报人口号喊得震天响，文章和评论似乎就是给自己写的。报社这艘船在下沉，别人开心地登上小艇走了，留下乐队可怜的几个人，坚守阵地。

上午麦刚正在电脑上写作，这时听到走廊里传来高跟鞋的声音，他知道肯定是米亚来了，如今也只有她会来这里。

推门进来，果然是米亚。她进门就说："老麦你怎么还在这里写稿？知道不，他们都去榕州集团整档案了，连章河也去了，下面就剩下我们两个了，咋办？"

　　麦刚听后并没有多少惊讶，因为这是早就料到的结局。前几天麦刚也想找人帮帮忙，他知道这是最后一根稻草，没抓住就只能随波逐流了。

　　如今，麦刚也没有关系可找了，自己年纪又大，谁也不会收留他，只能走一步算一步了。下一步的日子会更不好过，要是将报社的公众号交给自己办，事情会更多，个人的写稿时间还难以保证。

第三十七章

　　麦刚早上刚上班，就收到朋友的短信：昨天东海集团副总易军出事了，被集团总部的纪委留置了，消息是否属实？

　　麦刚对这样的事不感兴趣，也不想打听，主要是和自己没半毛钱的关系。不一会儿，东海集团生产技术部的老乡秦练给麦刚打电话，说易军出事属实。秦练说："这些天技术部的领导人心惶惶，生怕被纪委叫走就回不来了。"

　　易军是从集团总部空降下来的，非常年轻，前途无量，曾经有个工程老板想向他行贿20万元，他直接提出捐赠送给集团幼儿园，给孩子们改善生活。当时易军在大会上自己公开此事，大家为之敬佩，认为他是个好官，廉洁之官。看来此人善于伪装，越是能装的人，越有问题。那时麦刚就觉得，越是标榜自己高尚，爱出风头的人，肯定背后有见不得人的勾当，想尽办法来掩盖自己内心的惧怕。易军胆大妄为，欺上瞒下，不但贪污巨款，在国外还有私生子。

麦刚记得在《红楼梦》中智通寺有副有名的对联，可谓震慑人心："身后有余忘缩手，眼前无路想回头。"这副对联写的不仅仅是贾府，也是世人常态：生活中，明明已经拥有很多了，却还是不想停下来，继续为贪念所控制，一错再错，直至泥足深陷，才发现已经无路可走，想回头时为时已晚。

在这个纷繁复杂的世界里，每个人都在为了生活奔波，为了梦想奋斗。然而，在追求物质与成就的同时，往往容易忽略内心真正的需求与满足。其实，生活并不需要太多的奢华与繁复，知足，便是一种难得的幸福。易军到了这个位置仍不收手，最终无法回头，身败名裂，没了自由。

见报社晏草田在整档案，麦刚顺便查了一下自己的档案，发现缺不少东西，人都要被气蒙。大的方面，自传没有，团表也没有，连妻子的情况登记表和他俩的结婚表都没有；而问题汇总，共有十一项，其中九项是基层单位的事，如今这两个单位因改革都撤了，要补上这些东西真的难上加难。档案不齐，需到档案馆去查。想不到的是，曾经报社宣传的"救人典型"的妻子文莉，听说是报社的人，态度立变，故意刁难。

麦刚莫名其妙，事后打听，原来是报社为档案馆提供照片，有次无意中得罪过文莉，因此她借机报复。

作家东野圭吾曾说："世界上有两种东西不可直视，一是太阳，二是人心。"其实，人心本不该试探，一旦试探，你只会感到寒心。人性也不该去高估，一旦高估，最终只会让自己扑空。

当年是报社记者将文莉的丈夫宣传成救人的典型。后来，集团为照顾典型家属，才特意将她安置在档案馆工作。现在因图片一事产生误会，她竟然借机刁难，麦刚失望、寒心。

天气又开始热起来，人们习惯称之为"秋老虎"。麦刚腰痛难以忍受，昨晚连左边胯骨也开始痛，只好起来吃了两粒散利痛才缓解下来，不然没法睡觉。

上午本想去门诊部做理疗，恰巧门诊部在给集团新招聘的人员体检，门口被大车和人占据了大部分位置。这时出来一个护士，后面才知她是药房的，非常嚣张地对麦刚吼："你的车怎么能停在这里？"

麦刚回道："四处都占了，不停在这儿，还能停在哪儿？"

"等会儿集团领导要来，会说的，快开走。"

麦刚听后更不悦："这和领导来了有何关系，还不让人看病？你门诊开了门不就是给人看病的。"

"你来看病就看病，还开什么车？"

麦刚更怒："不开车还能飞过来？再说我开不开车你能管得着？"

见双方火气上涌，现场有人将麦刚和护士劝开了。

门诊部也是个待改的单位，拖久了，大家也有怨言，可以理解，但也不能如此对待来就诊的人。过去门诊部属生产技术部管理，别看它小，里面的职工多是关系户，集团领导的家属和子女多安排在此，为的是舒服，工作量小，不要上夜班。

麦刚被护士一气，理疗也不想做了，干脆驾车回院子了。人在落魄之时，什么怪事都能见到。

一年一度的职称考试开始，远在集团总部帮忙的人都回来了。中午，麦刚在食堂见到回来的人，听说总部生产技术部新组建的报社编制40多人，只是级别没以前高，帮忙的人都能留下来，这是个好结局。

麦刚接连喝了两天酒，身体不适，坐在办公室浑身无力。上午下班前，麦刚又在小厅转圈，顺时针是33步，逆时针转也是33步。他发现，评报栏里的报纸明显又黄了许多，有的角已卷起来了。

集团总部召开第二次改革会议，主要解决遗留问题。振海报社剩下的几人正在整理档案，麦刚发现与自己有关的几张表上签名都写错了，只好想法重新处理。求人难，有人明显嫌烦。报社在时，一潭水不知深浅，如今出水才知谁两腿泥。改革，让麦刚认识很多人，感悟出许多事。只有经过大事的检验，才知人的真正品行。

秋蝉还在鸣叫，窗外树林一片静寂，偶尔有微风吹过，摇动树梢。鸟不知去哪儿觅食了，似乎整个院子只剩下麦刚一个人，孤独，无助。

秋意愈浓，早上麦刚到小区旁的皇宫遗址公园散步，明显感觉到凉意了。夏天终于要过去了，秋天悄悄来了，光阴似水，一年所剩下的时间不多了。

麦刚整理好档案中的表，准备上档案馆盖章。尽管事先开好了介绍信，档案馆依然卡壳，文莉故意找碴，说这个不行，那个有规定，明显有意刁难。无论麦刚怎样解释，对方就是不办。无法，麦刚只好折回，重新申请。

再去档案馆盖章，工作人员让麦刚在外等待，称前面有人在排队。

麦刚无法，只能等。一直等到上午下班，章依然未盖成。他不想生气，生气也解决不了问题，就让驾驶员晓宗帮他第二天再来。

第二天早上八点多，麦刚早早催晓宗去排队，五份表格，盖到十点多钟才回来。

第三十八章

　　德宏副社长上午打电话给麦刚："榕州集团行政办公室筹建保障办，想从西京这边抽调人去，正职已有人，是个年轻人，去了只能当副职，你想不想去？"

　　别人都是平职或提升安排，而现在让自己高职低配去一个新组建的基层小单位任副职，还让年轻人领导，麦刚毫不犹豫地拒绝了。何况榕州离家这么远，麦刚实在不想再去折腾了。

　　从榕州集团办事回来的人告诉麦刚，那边组建保障办后，报社剩下的人员都要交给其管理了，再逐步消化。狼真的来了，意味着苟延残喘的日子要结束了。在报社二楼走廊上碰见米亚，她也在急匆匆地补档案。麦刚问起她的想法，她一改往日的神态，竟然闭口不谈，或许她又有了新的想法，找到了新的出路。一生中，有多少人从你身边经过，却有几双手为你付出一切？从陌生到熟悉，不用多久，从熟悉到交心，需要很久很久。

麦刚无心写作，特意出来走走，在大楼西边的梧桐树下漫步。想想真的悲惨，一家历史悠久的报社，眼看就要埋葬在秋天里，而不是春风里了。过去有句流行语：今天工作不努力，明天努力找工作。

静心，麦刚强迫自己静下来。可是定力不够，只好到小厅转圈，顺时针是 33 步，逆时针也是 33 步，厅里和外面静悄悄的，似乎只有他一人在。

早上醒来，听到外面有滴答的雨声，一场秋雨比一场凉，盖毛毯有些凉意了，想着过不了几天，醒来后都不知到哪儿去上班，心中更是凉飕飕的，有点不想起来了。

"闲看庭前花开花落，坐拥窗外云卷云舒。"这是麦刚在微信签名处的文字。人生要达到这种境界，难啊！

麦刚在办公室电脑上敲下这几行字时，窗外树木静默，天空灰蒙蒙的，一丝风都没有，只有秋虫在呢喃。小雨淅沥，走在院子里，麦刚陡然想起曾经课本上的一篇文章《最后一课》，学生们上完这课就将告别自己的母语，而他似乎也是大院上"最后一天"班。或许过不了几天，他就不能在这里安静地写作了。真不知下一张办公桌会在哪儿，还有没有地方让他办公？

人家美国人 70 多岁还在竞选总统，而自己刚过 50 岁就面临退休，想来麦刚真有些不甘。

榕州集团这边再次来电，想报社派个人去参加筹建工作。报社依然答复，没有合适的人选。

秋虫呢喃，小雨淅沥，天空灰暗，令人压抑。

或许天知人意，今天报社要正式解散了，人员和装备全部移交榕州集团办公室保障办。同时，东海集团也对报社五个人进行考核面试，显然是走过场，名单都定了，估计没两天就会去报到了。

夫妻本是同林鸟，大难临头各自飞。一个单位亦如此，大难来临关系飞，剩下皆是老实人。

从振海报社停刊开始，有关系的差不多都调走了。后来陆续有人找到门路走了，去了理想之处。坚守到最后的麦刚，总盼望有奇迹发生，可是什么也没有，最后等来的是船的沉没，无人施救他。

9 月 18 日，似乎是巧合，又似乎是宿命。40 年前的今天，振海报社在秋风里诞生，40 年后的今天，振海报社将随着萧瑟的秋风消逝在历史长河里。也许在创刊之初创刊的前辈们是万万没想到的。报社所剩人员坚守两年零八个月，是这个结果。

榕州集团办公室一行四人，在报社会议室宣布了交接决定。带队交接的人调侃："今天真巧，撞上这个日子，但不是振海报终结，而是报纸新生。"

怎么新生？报纸没有了，人员一个都不在了，谁还会记住报社厚重的历史？

交接会上，德宏副社长和接收方签了三份表格，表格上分别是报社人员的花名册和办公物品的明细表，这意味着正式移交给了榕州集团保障办，振海报社从此不能再称呼了。

这样的历史节点和场合，往日摄影室的人都会提着长枪短炮，"啪啪啪"地留下难忘的瞬间。如今摄影室的人全走了，只能请报社电脑房的打字员阳光用手机简单拍几张，大家也无心关注这个了。这么伤心的瞬间，不留也罢。拍与不拍，都不重要了。

一张报，几代人，数十载，如磐石般坚定，立志"一张报一辈子"，将最美好的青春年华倾注在一行行文字里，定格在一个个版面上，以在一线、在现场、在路上的姿态，冲锋在集团重大活动的前沿，奋战在急难险重任务的征途，生命的秒针一刻不停地随着党和集团的事业转动，从满头黑发到鬓角染霜，青灯黄卷，化作一只只雄浑嘹亮的号角，在广袤的大地上久久回荡。

交接现场，没有鲜花，没有横幅，没有掌声，更没有太多的言语，犹如停刊两年多的报社，一切尽在不言中。频频挥手，依依惜别，不带走一片云彩。

世界上思想闪烁光芒之地，往往都是不显眼的地方。犹如经历丰富之人，常常沉默不语，唯有眼睛里时时迭现激荡风云、记录时代的章节！

现场交接的老报人发言，刚说完"振海报社拥有 40 年厚重的历史"时，声音哽咽，一片沉默……在座的见证人无不心起波澜，感慨万千。空气中有些沉闷，一阵穿堂风将会议室桌上的纸吹得哗哗作响，宛如一面拥有 40 年历史的旗帜飘动。

白发苍苍老报人表情凝重，心已掏空，双眼模糊。

这里，曾是集团的"新闻发射基地"！

这里，曾是媒体人才之库！

这里，曾经常常彻夜灯火通明！

这里，曾经见证无数个惊天动地的大事！

报社曾经热闹的走廊里，早已空旷寂静，风将空荡的办公室和电脑房的门吹得开开合合，像是一个个报人进进出出，正在为明天出的新一期报纸而忙碌……

那曾经不熄的灯光、不倦的身影、不停的步履，都成为一种记忆、一种回想、一种感怀。

有人说，这个日子选得真不是时候，令人伤感叹息；也有人说，这是冥冥中的巧合。

报纸完成了历史使命，天下没有不散的筵席，人生的每个阶段，总有结束的时候，一些人出现，一些人离开，都是人生常态。

　　交接完，榕州集团的办公室带队领导请社领导讲几句话。德宏副社长请赵伟老社长发言，老社长推辞了，这个时候讲什么都没意思了，最后德宏副社长只好自己讲几句。他尽管没准备，但有些动情，讲到大家坚守快三年真不容易时哽咽了，讲不下去了，停顿好一会儿……其实大家有满肚子话要说，可是说了又有何用呢？

　　麦刚这时想起一段话：单位是你和社会之间，和他人之间进行交换的桥梁；单位是你显示自己存在的舞台；单位是你美好家庭的后台；单位是你的竞技场、练兵站、美容室、大学校！单位是你提升身价的增值器；单位是你安身立命的客栈；单位是你在家庭和社会上的发言权……没有单位，你什么也不是！

　　来交接的带队领导在会上宣布：麦刚接管振海报社公众号。

　　如今什么都没了，麦刚觉得自己还能干什么呢？

　　当日半夜梦中，麦刚梦见自己独自一人在二楼办公，身边无一人相伴，无比恐怖，可怕……

第三十九章

早上闹钟响，麦刚翻身起床，坚持起来上班。

报社考核完的五人准备到东海集团上班了，而麦刚只能原地不动，米亚也不来上班了。报社这艘下沉的船上只剩下最后两人，见证最后的沉没时刻。

德宏副社长来麦刚办公室，了解他独自办公众号需解决的问题。谈话中扯到上半年给榕州集团上报办《振海杂志》一事，开始双方都非常兴奋，后来报社和榕州集团还有点实际动作，并拿出了详细的办刊方案。谁知上报到集团总部，最终不了了之，至于原因，榕州集团承办人也不好直说。正如南部新成立的集团，申请自己办报，启用报社这支编余的队伍，结果被总部直接否决。榕州集团办一本杂志，再经营好公众号，新闻人的发挥平台自然会很大。可如今付诸东流，美好的希望总是像漂亮的肥皂泡，瞬间破灭。破灭的东西，再提起，毫无价值，只能带来更多的叹息。

麦刚还是坚持上班。从一楼卫生间出来，想着将来自己独自在此办公，无人陪伴，陡然生悲，人生沦落成这样，真没想到。还能在这里待几天，无法确定。

榕州集团来电，先是核对移交人员信息，再叮嘱驾驶员将车辆检查一遍，全部要交给保障办。保障办的莫由是从下属单位抽调上来，准备接任保障办主任一职。副主任王哲，是这边待改单位推荐过去的。考虑报社最后还要做收尾工作，麦刚向保障办建议，将一号车暂时留下。

早上，麦刚在自己的公众号"世间况味"里发了篇文章，标题是《靴子落地，媒体人是坚守还是转身？》。文章的开头，麦刚特意引用了一位西京新闻人忍痛告别的场景：

黄叶飘零，冷雨渐沥。媒体人杨冰莹不想再坚守昨日的荣光，毅然告别19年媒体生涯。离开孔雀网西京站那天，先生来接她。车驶离高大梧桐遮掩的西京绿埔路时，她忍不住回头张望，有点泪目。她先生踩下刹车，一本正经地说，你还是打电话问问关总吧，看看还有没有回去的机会？媒体拼搏多年，或许她的内心实在太痛苦了，她不想再疲于奔命了。可这一刻她的内心却很是释然，果断地让她的先生继续向前开。

这个时代，一个媒体人消失犹如飘逝一片梧桐叶，无声无息，更无人关注。路上，杨冰莹的内心不时叩问："这么多年努力工作，兢兢业业从不敢出任何差错，也有各种荣誉加身。可是，为什么要面对如此惨遭淘汰的局面？今天工作很努力，明天为何还要努力找工作？"

振海报社真的没了，将永远消失于闪光灯下，退出历史舞台，这让对该报有感情和情结的人无法接受。推文早上就开始发酵，有人打赏，有人留言，更多的人在叹息。

改革总是这样，有人受益，有人吃亏；有人笑，有人哭。

麦刚清晰记得，自己从下属单位调进振海报社，宣布任命的当天，他在二楼会议室里看大样，值班副社长郝楠笑着对他说："小麦，祝贺你！但往后你的职务就调得慢啊！"麦刚不以为然。因为他过来当记者就是想求个稳定，干点自己喜欢的事情，没想过往后有多大的发展。想不到的是，报社也成了不稳定的单位，而且一夜间就没了。

第四十章

榕州集团保障办召开成立大会，通知麦刚去参加。麦刚不想去，想请假，但没批，说办公室领导指定要他参加。

麦刚坐飞机抵达榕州海边的知足机场，保障办派车将他接到龙马宾馆。

保障办的莫主任和王副主任在门口迎候。过去麦刚常来榕州开会或采访，如今再过来，物是人非，一切变了。现在过来，纯粹是凑个数，增点人气。

寒露时节的榕州，犹如西京的夏天，气温30摄氏度，异常闷热。

上午八点三十分，麦刚走进会场，见到几个熟悉的面孔，更多的是陌生的面孔。那几个熟悉的人过去职务和麦刚差不多，如今都坐在前面。曾经麦刚去下面采访或检查工作，不是坐主席台，就是坐前排，如今自己身份变了，自觉悄悄地坐在后排。

会上，集团办公室主任作了指示，保障办莫主任表了态。坐在后排的麦刚，不知自己今天是消亡，还是新生，总觉混沌不清。命运喜欢开玩笑，不管你开心还是不开心，都得接受。

会议结束合影后，榕州集团办公室主任与参会人员进行了会面，每人做自我介绍。当麦刚介绍自己时，主任不屑一顾地说："早知道你。"

麦刚还没说完，主任转身就走了，留给他一个冰冷的背影。

"既然请我来，又如此对待，有这个必要吗？"麦刚非常难过。或许这两年来报社很多的事情闹了误会，引发他们对报社的人产生成见，尤其得罪过牛副主任，他回来会添油加醋，把报社的人说得一无是处，最后让麦刚过来受冷眼。

榕州这座城市，麦刚再熟悉不过了，因为他在这里有个悲伤的往事。麦刚上大学时的女友是榕州人，毕业后分在榕州某医院工作。那年麦刚从西京坐火车来榕州看望女友，正是玉兰花开的季节，那洁白如雪或娇艳如霞的花朵，硕大而美丽，花瓣质地细腻，散发着淡雅的清香，姿态优雅，亭亭玉立，宛如仙子降临人间。

麦刚漫步榕州城，无论走到哪儿，都能闻到玉兰花沁人心脾的香味，使他立马爱上这里，爱上这城里的人。女友家住美峰附近的小巷，紧靠河边。小巷周围是林立的高楼，几近被遮蔽，两边仍保留着平房，青砖黑瓦，沧桑落寞，平和宁静。巷子的拐角处有棵大榕树，枝繁叶茂，气根伸向四周，令人敬畏。后来因种种原因，麦刚无奈和女友分了手，成了一生的遗憾。

麦刚特意打车重回小巷，发现一切都变了，小巷早已被拆得七零八落，四周被高楼大厦取代。曾经的女友早无音讯，麦刚久久伫立巷口，任思绪驰骋奔涌……

"我用爱画一个温柔可爱的你，让我在梦中无数次见到你，梦你的夜晚我不愿醒来，只为把你画在我心里，画上你的美丽，只为把你画在我心……"不知从哪里传来歌手科尔沁夫唱的《画你》。麦刚心境本不好，再来伤痛之地，又听着这伤感的歌，心里涌起莫名的失落和痛楚，似乎所有的不如意全落在他的头上。

闻着榕州熟悉诱人的玉兰花香，麦刚触景生情，一个人在一棵高大的玉兰树下待了许久，也不知女友现在过得好不好，会不会偶尔想起他？人啊，失去的东西最可贵，最难忘！

年轻的时候，爱上什么都不为过；成熟的时候，放弃什么都不是错。我们终其一生，都在寻找那个和自己灵魂相近的人，最后发现，唯一契合的只有自己。

活在世上，不累，就是木头；不痛，就是砖头。谁，都有哭泣的时候，谁，都有脆弱的一面。不哭，不代表没有伤痛；不说，不代表没有心事。有些话，能不说就沉默，藏在心里更合适；有些伤，能不揭就放下，无声忘记更明智。有些事，可以看透，但不要戳破；有些人，可以看穿，但不要戳穿。

成立大会已结束，麦刚也无心在此久留，立马购机票回西京。因为在这座伤心失落的城市，他一刻也不想多待。

两天后，榕州集团保障办莫主任来报社，找德宏副社长谈了许久，自然是了解当前报社的一些情况。然后找萧天谈，显然是关于公众号的事，如今一直是他办，办得还不错。唯独没有找晏草田和麦刚谈。麦刚对晏草田说："你都快离开了，谈个啥？"

晏草田长叹一声："百无一用是书生。"

麦刚对这句话深有体会。他大学毕业就参加工作，傻乎乎地认为写作是件高雅之事，书生能扛大用，毕竟书中有黄金屋，还有颜如玉，诱惑很大。

当时的单位主任正需要一个会写的人，既然麦刚追求这个，便让他嫩肩扛重担，大小材料都让他执笔，同时也要兼顾新闻宣传。

麦刚不知是套，上了这个套就轻易松不掉，挣脱不了。主任是个精明人，时不时会在处务会上表扬麦刚，使麦刚更有劲，没日没夜地写材料，写新闻稿，单位年年是新闻报道先进单位。外人夸麦刚，这小子前途了得！谁知，麦刚的发展并不快，甚至还没后勤服务中心主任快。

麦刚蒙了，手中的笔似乎很重，提不起，不想动，心也凉。

同单位的早西老乡吕真点破麦刚："小麦，你太实在了，会写有啥用？不会跑，不会送，好事能轮到你？"

后来，麦刚进了更大的机关做笔杆子，依然是大大小小的材料写个不停，领导人前人后都夸奖他是"才子"，甚至重要活动都带他去，在上级领导面前都不吝夸赞。麦刚窃喜，这下前程似锦了。谁知在分房的节骨眼，当年那一级硬是没调起来，因一篇文章无意中出了差池，与新房没缘。后来还是四处求人，总算分了套旧房。

麦刚调进集团机关，更觉百无一用是书生。人事组织部门的人上腾下挪，为自己铺好了路，个个年轻。而报社的人员流动非常慢，像老牛拉破车，即使分到个位子，也是不痛不痒的单位，甚至是偏远之地，就连保卫部都不能比。

报社的人天天写稿，看似声势很大，很有才，实际上关键时刻一文不值，没人帮忙说话。

集团领导平时对报社的人的欣赏，纯粹是从工作任务角度，但报社的人无法与其建立私交，也不会让领导感动，所以用不用还是另外一码事。当然，报社的人可以成为装点门面的符号。有时候，一些冠冕堂皇的场合，会缺一个"资深"报人站台，体现宣传工作的重要性，于是报社正巧被想到，也正好需要宣传。但仅是即插即用，在那一时刻就已经完结。

即使被"重用",也只是一瞬。

振海集团确定改革前,有过两次人事调整,报社按惯例每次都能分到个指标,尽管单位偏远一点,但还是关照到了,总能有点希望。结果第一次分到最后,报社轮空了。最后一次本该轮到了吧,结果还是被保卫部的人找个理由,硬生生地抢走了,能有公平吗?尽管如此对待报社,报社还没一点脾气,连一句牢骚都不能有。

过去,在大小场合都称报社人才济济,是从基层选拔过来的尖子,可如今失去地位,有谁愿意过来收留弃之不用的人?

下沉,报社这艘船继续急速下沉,麦刚已闻到海水浓浓的咸腥味。

榕州集团牛副主任带人来西京拉物资,宣布分流人员名单。报社驾驶员和打字员全部分流去保障办,仅留下晓宗和老李。老李快退休了,不想去榕州,因此得到了特殊照顾,留了下来。

今天是麦刚的生日,侄女和侄子清早给他发信息,他才记起。

回到家,妻子也忘记了麦刚的生日,因他回得迟,她早吃过了晚饭,麦刚也就不提,因为他把生日看得很淡。生日,最要记得两件事,一是母亲的苦难日,二是自己又老了一岁,更要珍惜今天拥有的。

第四十一章

下午上班，麦刚碰见创作室主任大国。振海集团创作室人才济济，出了好几个大作家，是文学爱好者的神圣高地。此次改革，创作室也和报社一样，结束了它的历史使命。

麦刚问大国："主任，您下一步准备怎么办？"

大国茫然回答："不知道，只能等待和维持，走一步看一步。"

集团改革期间，遇见的事都是这样，今天不知明天会怎么样，等待总是无望和失落。

麦刚也和大国一样，茫然，无助。文人的落魄或许都一样。

集团总部来人考察章河，下一步他将要去总部工作。考察的人挺认真，新老同志都要找，问得挺仔细。君子有成人之美，麦刚谈了章河四个优点：政治可靠、作风扎实、业务过硬、群众基础好。

"这些我都了解得差不多了，听说你和他曾在一个处，同一个办公室待过两年，请你谈谈他的家庭情况。"

麦刚说："章河有过两段婚姻，第一段是意外，第二段过得很幸福，他的家事我真不太了解。"

如今，麦刚早看透一切，多说好话，多做好事。

郊区汤山学院举办新闻骨干培训班，邀请麦刚去讲一课，主题是"如何抓问题"。麦刚起步学新闻写作，老同志就带他抓问题。他调进报社后，天天强调抓问题，经常下基层抓问题，讲课也提倡抓问题。他对抓问题研究多年了，于是爽快答应了，还专门做了个课件。

授课在晚上，学院来听课的有两百多人，坐在前排的新学员热情高涨，课后还互动一番。精心准备一堂课，连讲课费都没有，麦刚也不好问，就当是公益课吧。

麦刚很是开悟，喜欢这段话：不扶烂泥，不烫死猪，不渡无志，不弹牛琴，不补破罐，不翻咸鱼，不雕朽木！放下助人情结，尊重他人命运！让花成花，让树成树，让牛马成为牛马！园丁只负责修剪枝叶，无法改变品种！

上午，推开报社一楼西侧的玻璃门，像往日一样，静！

电视剧《亮剑》中，李云龙因怒杀黑云寨头子谢宝庆，由团长降为营长。要去营里报到，他打背包时，依然像往日一样大喊："和尚！"声音一出，却没反应，他这才想起和

尚已牺牲，被土匪打死了。往日只要李云龙喊一嗓子，和尚
就会应声笑着来了，麻利地干好李云龙交代的事，深得他的
赏识。

李云龙一阵心酸，自己打着背包出了门。

报社排版员阳光去榕州集团保障办了，社里一二层楼没
了声音，麦刚也要学李云龙，开始慢慢习惯自己一个人。两
年多来，麦刚只要给阳光打个电话，或是向楼上喊一嗓子，
阳光就会应声而来。现在二楼，人去楼空，上下走廊静悄悄的，
四处却是他的影子。

世事无常，麦刚开始习惯自己"打背包"，自己照顾自己。

天下没有不散的筵席，同在一个单位工作，逢上改革，
分开属正常。人孤独地来到这个世界，终将孤独地离开这个
世界。热闹和繁华总是短暂的，甚至儿女的陪伴也是有限的。
孩子读完大学后，意味着父母要与他们一次次地分离，与他
们的背影挥别。今后儿女回家，也是父母的一种奢望。

人生的旅途，就是不断地相逢或离别。

麦刚现在羡慕报社的老同志，进了社里不折腾，干自己
喜欢的工作，直到退休回家。麦刚偏偏遇上改革，提升无望，
不上不下，分流嫌老，退休嫌早，尴尬无助。

第四十二章

又是新的一天，麦刚上班，穿过报社空荡荡的一楼，进办公室后喝完茶，然后到小厅里转圈，顺时针是 33 步，逆时针也是 33 步。厅里和门外静悄悄的，世界似乎只剩下麦刚一人。

有人说鱼的记忆只有七秒，倘若果真如此，那探究它们的生活就了无意义，而追问"鱼为什么活着"更是闲着没事了。只有七秒记忆的鱼悠闲地围绕鱼缸一圈，回到原来的地方，便有了全新的观感。当它继续游动，再绕一圈的时候，一切又变成了陌生的存在。它不用停下来，就永远在经历一生中从未有过的美好与期待。

这样的鱼为什么活着呢？或许不应该这样问。正确的问法是，这样的鱼为什么不活着？

麦刚有时想，自己还不如鱼快乐，因为每次转圈他都觉得枯燥无味，始终在机械地重复，没有新鲜感。假如每转一圈，就忘了前面的，从而获得全新的观感，人生会是怎样的？

手机响了，是麦刚曾经下属单位的同事黄高："老麦，我老师的女儿报考东海集团，笔试第二名，负责招生的是亚成，听说是报社调过去的，想请他帮个忙，需要什么尽管说。"

麦刚告诉他，现在招人之事非常敏感，自己同他又不是一个系统的，人家根本不会买账。前几天也是有人托他问个电话号码，麦刚找过亚成，尽管亚成给了电话，但口气明显不太高兴。人在落魄时才真正知道谁是朋友。

麦刚委婉地拒绝了黄高。现实真的很残酷，自己没地位，没人会再给你面子。

麦刚现在时时提醒自己，清醒时做事，糊涂时读书，大怒时睡觉，独处时思考，千万别高估自己，违心去办自己不想办的事，不能办的事、办不了之事。

经麦刚协调，驾驶员晓宗正式接替阳光的工作，负责照料报社事务，说白了就是和他一起当好最后的守门员。报社最后关门了，他俩的职责就随之结束了。

又是一天来上班，一楼大厅里有了声响，赶走了往日的寂寥——不要猜，是晓宗在打扫卫生。报社楼上楼下早落满了厚厚的一层灰尘，没落的单位的现状或许都是如此。麦刚见过厂子倒闭，人走楼空，门前长草，墙塌门烂。报社要是没有麦刚的坚守和维护，早就无法进人了。

希望是没有了，日子还是要过的，不能落满灰尘，应该擦亮曾经走过的路，让日子有点喜色，在有阳光的日子里，一定要干点有意义的事情。

过去，排版员阳光会天天给麦刚送报纸。他走后，楼下只能麦刚一人坚守。晓宗来后，搬到了楼上过去阳光住的房间。报社剩下的几个驾驶员，榕州集团怕不好管理，经协调住进了东海集团车队，让他们代管。晓宗平时话不多，勤快质朴，说话实在，性格刚直，麦刚很早就发现他与众不同。驾驶员分流，麦刚留下了晓宗。

中午在餐桌上，前期调进东海集团的大龙端着餐盘和麦刚坐在一起，还主动地打招呼。原来，他是想要报社电脑房里的三张桌子，已与德宏副社长打过招呼了，要麦刚给晓宗交代一下。麦刚说，未贴移交的标签，只要德宏副社长同意，打个借条就行。

树倒猢狲散，报社即将淹没在历史长河中，还留着这几张破桌子有何用？

周日，天气不冷不热，妻子提议去走山。过去走山是常态，今年妻子多去健身房，麦刚为保护膝盖，走得少了。

麦刚和妻子走过一段热闹的后街，穿过半山园城墙洞口，沿右边的城墙行走，绕前湖半圈，擦城墙一角，过了植物苑门口，再回到半山园城墙洞口，返回小区，差不多有七公里。

银子山下有一段栈道，上面铺设木头，走在上面挺舒服。

　　每次走山时，麦刚和妻子先到开心包子店买两个包子提着，边走边吃，到了城墙口，肚子也填饱了，脚下也有劲了，走起路来脚步明显加快了。

　　过了城墙洞口向右走一会儿，老人们早在此处遛鸟了。人老了就得有个爱好，遛鸟也是一种，天天来，交流自家鸟的习性，谈论街坊邻居趣事，还有国家大事，老人们的脸上洋溢着笑容。

　　下山后，路边有个小菜场，品种五花八门，价格比菜场便宜。麦刚顺便买了两斤新鲜排骨，炖个冬瓜汤，犒劳一下自己。

　　榕州集团保障办的莫主任来电，交代麦刚将物资移交的事情抓紧推进，从目前反馈的情况来看，好多人未交全，有的还一件也没交，继续这样的话将来纪委和审计这边都过不了关。报社的人四散，要想将过去发的办公物资收齐，可是件难事，也是得罪人之事，能拖则拖，这个时候麦刚不想被人骂。

　　西京档案局的吉峰办了个通讯员培训班，地点设在假日酒店，培训人员均是来自各区市档案局的工作人员，他邀请麦刚去讲一课。吉峰和麦刚是老乡，曾一起在振海集团搞过新闻。麦刚推脱不了，正好有个讲"结合工作搞报道"的课件，稍作修改，便能完成任务。

　　米亚告诉麦刚，振海集团的创作室目前仅剩三人，大国已确定退休，夏大勇年纪大了，集团总部不要，还有一个是叶雪，她因不是作协会员，又没关系，年轻的她被丢下无人收留。当集团总部的人来考察上调人员的情况时，叶雪失态了，大声质问总部来的人："想不到'反四风'这么多年了，风气还这么差，有关系的就能上调，我没关系就只能淘汰。你们为什么只考察关系户？我们创作室推荐了吗？开过支部会吗？"

　　作家一怒为风气，让考察的人无言以对。后来叶雪被分流到西京省作协，工作了一段时间，不幸患上了抑郁症，无法正常工作，只能在家休息，一个风华正茂的女作家就这样枯萎了。

　　麦刚早几天就记得，近期就到父亲的忌日了。儿女在，年年会记起；儿女不在了，这个人真的就从这个世界上消失了，且永久地消失了，正如一片树叶，悄无声息，不留一点痕迹。

　　麦刚不由得想起自己，即将随报社一起消失，没人会记起，犹如大院飘落的一片树叶。

第四十三章

西京立冬后，气温下降得快。麦刚穿两件衣服上班还感觉有点凉，不过办公室里温度正好，坐在电脑前写东西还算舒适。

又是一年记者节，报社没了，记者证三年没审了，麦刚只能自己祝自己节日快乐！

一天当记者，终身为记者。只要活着，就记着，记录自己的人生轨迹，记录社会的真善美，记录世间的变迁。时代负了麦刚的理想，他却不负这个时代！遇见不平之事，借助自己的公众号及时发声，站在正义的舞台上，评点几句，引人共鸣。

当天许多公众号以记者节为题搞了策划，文章质量一般，内容多是职业的辛苦和理想的崇高，深度不够。

西京理工学院的罗主任请早西老乡聚聚，餐桌上谈得最多的还是各自的故乡，有谈温泉的，有谈山水的，有谈历史的，有谈人才的，也有谈特色小吃的。麦刚谈的是家乡的辣，高乡是著名的辣都，外国朋友也经常来挑战吃辣。麦刚也常常怀念故乡。

谁不爱自己的故乡？传统的中国人特别追慕"天人合一"的境界，人不要改变大自然，即回到自己的家乡母土，"清风徐来，水波不兴。举酒属客，诵明月之诗，歌窈窕之章……纵一苇之所如，凌万顷之茫然。"

归有光《项脊轩志》里写道："借书满架，偃仰啸歌，冥然兀坐，万籁有声；而庭阶寂寂，小鸟时来啄食，人至不去。三五之夜，明月半墙，桂影斑驳，风移影动，珊珊可爱。"

又是一天太阳升起。麦刚坐在办公室，四处一片静寂，又一天的坚守开始了。

麦刚常想，坚守，在一个人心里到底有多重？快三年了，每天都是这样在寂静中坚守。不坚守又能如何呢？

人有了坚守，生活才有了希望，精神才有了灯塔。不坚守，人生就会陷入黑暗，失去精气神，犹如行尸走肉。尽管在寂寞坚守中，会遇到很多的问题，甚至还会有冷嘲热讽，但有什么办法呢？只能忍受。忍受了如此的冷寂，将来必有常人难以拥有的财富。

去年，夏去秋来之际，麦刚发现进院左边的这棵香橼树枯萎了，叶子掉光了，只剩下孤零零的树干，颇感遗憾。难道树也知人意，与人同悲伤？

今年深秋时节，麦刚在院子里散步时惊喜地发现，右边的这棵香橼树结满了香橼，散发出浓浓的香味，满院生香。

每天上下班或散步时，麦刚喜欢在香橼树下逗留一会儿，对它仰望，对它赞叹。听人介绍，青香橼切片入药，能解人的痛苦；而成熟的香橼，颜色亮丽，香气袭人，被古人用来做香果，尤其长得如佛手一般的，乃大雅之物，是清供的上品，常被文人摆在古瓷器里，置于实木案几之上。《儒林外史》中写道："枕头边放着熏笼，床面前一架几十个香橼结成一个流苏。"寥寥数十字，构成一幅画面，既奢侈又风雅。

晓宗告诉麦刚，清洁厕所用的清洁剂没了。报社历经改革后，犹如王小二过年，一年不如一年，一天不如一天。麦刚只得给保障办莫主任打电话，他说办公用品可以按需采购。麦刚列出一个清单，让晓宗去办。修好了打印机，买回了打印纸、中性笔、拖把等，订好了新年度的报纸，还修好了一台闲置已久的汽车用作机动交通工具。

这天，《人民日报》"人民论坛"栏目刊登了文章《学会与自己相处》，很合时下麦刚的处境。

文章中写道，被誉为"南非国父"的曼德拉，曾历经长达27年的牢狱生涯，出狱后有人问他：是什么力量使您在孤独中充满活力？曼德拉回答：博爱的精神加上强健的体魄。

可见，精神的支撑相当重要，能让人在孤寂困厄中顽强挺立。

　　社会交往是人的基本需求，但人的一生，或多或少都要面对如何与自己相处这个问题。哲学家芝诺曾被问及："谁是你的朋友？"他说："另一个自我。"学会与自己相处，其实就是找到另一个自己——把脚步放慢，给自己更多的时间去观察、去思考，成为一个充满智慧的人。

　　学会与自己相处，不是追求寂寞、封闭自我，更不是对自身的交往能力设限，而是让自己的心灵变得祥和安宁，心境变得清澈如水，在沉潜中默默提升自己的境界。

　　麦刚现在明白，人生之路，精彩也好，平淡也罢，甚至落魄，总要路过一段段不同的风景。善于与自己独处，可以说是一种思想境界、能力素养，也是一种生活方式、人生格局。然而，与自己相处的能力并非天然可以习得，而是仰赖于针对性地勤加磨砺，仰赖于个人意志品质的不断锻造。

第四十四章

时光飞逝，这一年又仅剩最后一个月了，真不知今年到底干了些什么？是不是虚度了？还是有点成果？气温骤降，昨晚下了一夜的雨，早上起来，窗外满树的银杏叶掉得差不多了，像是铺了一地的金黄，冬天真的来临了。

美国曾做过一项社会实验：一名男子在地铁站，用小提琴演奏巴赫的几首曲子，并在身边放一项帽子，以示乞讨。在 45 分钟里，大约有 2000 人经过，只有 6 人停下来听了一会儿，大约 20 人给了钱就匆匆离开，他总共收到 32 美元。

没有人知道，这位卖艺者是世界上最伟大的音乐家之一——约夏·贝尔。他演奏的是世上最复杂的作品，用的是一把价值 350 万美元的小提琴。

就在两天前，约夏·贝尔在波士顿一家剧院演出，所有

门票售罄，聆听他演奏实验中的那首乐曲，每人要花 200
美元。

约夏·贝尔这项实验能衍生出很多说法，但有一点很值
得思考：平台的重要性。

没有声势浩大的伴奏，没有宏伟宽阔的音乐厅，没有璀
璨闪亮的舞台，没有经纪公司长期的宣传与包装，约夏·贝
尔再牛，可能只比其他流浪乐手多收几美元而已，这就是平
台的力量。

所以，麦刚特别认同杨绛说的一句话：当你身居高位，
看到的都是浮华春梦；当你身处卑微，才有机缘看到世态
真相。

著名演员阿诺德·施瓦辛格，曾在网上发布过一张照片：
他躺在自己的铜像下睡觉，并悲伤地写下了"时代如此变
化"……

这句话并非感慨自己年岁已高，而是因为他当州长时，
出席了这家以他雕像出名的酒店开业典礼。总经理向他承诺：
"无论任何时候，我们会为您免费预留一间房间。"但是，
当他从州长这个位子退下后，去入住时，却被告知要付钱，
因为现在酒店房间供不应求。

于是，施瓦辛格才上演了这一出，其实他想传达一个信息：

"当我处于重要位子时，他们总是称赞我。当我失去这
个位子时，他们便忘了我，也不再遵守诺言。"

　　他试图告诉大家，当人们认为你"重要"的时候，每个人都是你的"朋友"，一旦没有利益瓜葛时，你就可有可无了。

　　施瓦辛格不知道的是，中国早有句俗话总结这个现象：

　　"在位时，如鱼得水；离位时，如驴打滚。"

　　这句话，麦刚是听一个老领导说的。他被免职时，众人对他的称呼迅速由"张总"变为"老张"，与此同时，也上演了各种变脸戏法。那老领导才做如此感慨。

　　如今麦刚更有体会，碰上过去基层单位的人都会改称他为老麦，比他大的人直接称他为小麦，更有甚者，连大小都免了，直接称麦刚。麦刚早已习惯，称他什么都无所谓。何况称呼本来就是个虚头巴脑的东西，听久了就释然了。但麦刚对别人，尤其是对老的同仁，从不乱称呼，更不敢妄自尊大。

　　上午，天晴了一会儿，阳光洒进办公室，麦刚一下子有种豁然开朗的感觉。没有人会喜欢阴雨连绵的天气。进入冬季后，西京的天气一直不错，最近这几天开始变化，气温不停地下降。

　　榕州集团保障办莫主任以往没搞过新闻，过去也只是在机关待过，他对宣传工作却甚是热情，经常冒出一些新想法。莫主任想搞个"老社长走基层"活动，谈起这个计划，他眉飞色舞。麦刚没吱声，报社的几位老社长不是已办退休，就是已上报退休，命令在路上走，现在叫人家下基层，人家愿意吗？是否征求过他们意见？稿件刊登在哪儿？基层会不会配合？如何接待老社长们？等等，这些因素莫主任恐怕都没考虑到。毕竟还是年轻，加上情况又不熟悉，新官上任，整点花样，想干出点成绩，可以理解，但也不能脱离实际。

今天，榕州集团保障办的人打电话给麦刚："老麦，莫主任交代，'老社长走基层'计划一定要尽快完成，他已上报办公室，你要尽快拿出个计划报上来。"

麦刚笑了笑，没多说一句话。放下电话，思来想去，他还是起草了一个计划，传了过去，让他们去折腾吧。正如麦刚所料，计划最后胎死腹中。或许报到上一级领导那里，被直接否决了。报社都没了，还搞"老社长走基层"，显然不切实际，还会闹笑话。

第四十五章

西京今天很冷，下了雨。冬季下雨天，更显寒冷，麦刚白天坐在孤寂的办公室里缩手缩脚，不太舒适，但依然坚持写作，将晚上思考的东西及时写出来，怕过久了会忘记。

晚上，开始下雪。麦刚躺在温暖的被窝里，打开台灯，在柔和的灯光下翻开书，阵阵书香扑面而来。外面，雪花飘飞。室内，温暖宜人，静寂无声。在这样的夜晚，正好看书，思考一些问题。

麦刚上午上班得知，早先来考察的报社五人今天正式去东海集团培训，周五报到。

报社就像一张纸，慢慢燃烧完。或许任何东西都像一张纸，飘着而来，飘着而去，消失是迟早的事情。

报社主办振海报社公众号的萧天去了东海集团，留下一

个叫天金的小伙在坚守，稿件交给麦刚审。麦刚粗看稿件，
层次不高，提不起一丝精神，也没多说。

麦刚筹划组稿《向前是新生，向后余生》，因腰痛，找
不到感觉，只好写写放放。

麦刚曾经搞过10多年的材料，是机关典型的"材料人"。
只是后来在上级机关工作，领导逼着麦刚改行，专职干新
闻。不然，麦刚的人生又是另一条路，也不会落魄成今天这
个样子。

机关里那些"材料人"，今天如何才能让自己活着走出
来呢？其实，机关里的"材料人"大概是和平年代"牺牲"
概率最大的一类人了。幸而，麦刚活下来了。

报社留下的公众号，莫主任决定将公众号暂时交给麦刚
打理。这是他最不愿干的事情，一是报社这艘船很快就要沉
没了，没多少激情；二是他自己也有公众号需要打理，分不
开时间。

麦刚非常清醒，这是暂时的意思。因为这边很快要没了，
不可能将这个账号留在这里。幸好有米亚在，帮忙编稿子，
不然真的办不起来。

麦刚接手振海公众号后，很快官方抖音账号也上线了，
一时间很是火爆，粉丝量涨了2万多，点击量达40万，有
褒有贬。不过米亚有点事干，人精神多了。

晚上，莫主任给麦刚发来信息："今天公众号的稿子谁

编的啊，一点都不符合新媒体阅读的习惯，这样搞可不行啊，除了图片，看不下去啊！"

过了一会儿，莫主任可能考虑欠妥，又发来信息："还是要多鼓励他们的积极性。"

干任何事情都有一段适应期，不可能一接手就和以前一个样。怎么可能呢？何况邮箱里收到的稿件，新闻要素不全不说，错别字太多，逻辑混乱，米亚费了老鼻子的劲才将其理顺，非常不易，就这样莫主任还说风凉话。麦刚没有理他，也没回信息。

第二天，莫主任又打来电话，说昨天有领导说了，公众号稿件的事，质量和数量都不行。麦刚也知道，万事开头难，毕竟米亚和自己都是搞传统媒体的，要调整过来，需要一段时间。

挂了电话，麦刚后悔接这个烂摊子，感觉这纯属自找不快。

麦刚接手单位的公众号后，事情陡然多了起来，他一边关注抖音账号的运作，一边关注稿件的质量。

这个时候原先留下的天金也走了，一时找不到人接手，只能将振海报社的排版员阳光从榕州集团紧急调回来排版。过去报纸排版，阳光是老手，如今公众号排版，他也是大姑娘上轿头一回。

几乎每天上午上班，麦刚都会收到莫主任发来的信息：

公众号没什么起色，粉丝数量一直往下掉。

直接让麦刚想撂挑子的是某次转发集团总部的文章一事。那天总部报纸上有篇政策性的文章，麦刚开始想转，后来考虑已发过类似的文章就没转。中午，莫主任给麦刚发信息一定要尽快转发此文，麦刚说下午转，莫主任顿时口气变了，称下午转黄花菜都凉了。

麦刚中午没休息，在家用电话交代阳光赶紧排版，将文章快速转发。

阳光刚接手，排版中遇到了难题。五分钟过去了，未排好。十分钟过去，依然没排好。莫主任在榕州急得发跳，反复催问。后来文章总算转了，莫主任又发来信息，把别人转的文章转发给了麦刚，意思是人家转发时还进行了加工，反响甚好。迟了不高兴，快就又要修改，这活真没法干了。

麦刚越想越没劲，直接给莫主任回信息："主任，我搞新媒体经验不足，个人能力水平不够，请速派人过来交接。"

王副主任是从西京过去的，他委婉地提醒麦刚："你们报社因搞画册一事得罪了牛副主任，现在他一听报社的事就恼火。你办公众号之事，他批评的话很难听……"

过了两天，莫主任和王副主任来西京，主要任务是尽快将西京这边编外的人清走，一个不剩。

麦刚当场找到莫主任："主任，今天正好移交公众号。"莫主任愣了一下，知道麦刚撂挑子，也正中他的下怀，但他未露声色，只是"啊"了一下，也没说同意，也没说不同意。

麦刚经过这几年的风雨，早看透一切。这世上，总有人爱你，也总有人恨你；总有人帮你，也总有人踩你，看淡、想开就好。麦刚当时反复提醒自己，忍住，别发火。

麦刚考虑儿子明年大学毕业，还不知分在哪儿工作。想等儿子工作定了，再视情况将来退休定居怎么选择。麦刚找到王副主任，说了自己的原因，能否再留一年，明年分流或退休。

王副主任当场回答："我无法答应你，回去再争取。"

大年三十这天，王副主任又打来电话问麦刚："是选择分流还是退休？"

麦刚说："我不是早给你说了家中情况吗，这个问题现在难选择，不是春节后定此事？"

王副主任说："不行，今天一定要先报一个。"

麦刚逼得没法，选择了提前退休！

春节过后，麦刚没去办公室，让米亚将公众号移交给了榕州那边的人。

想不到米亚还在振海报社的微信群里发布了一条消息：

"发布一条重大新闻，务必要看！感谢、告别、祝福各位报道员：今晚我们发完最后两条微信后，这一组人马将正式和大家作别（麦刚、米亚等），振海报微信公众号也将迎来新的主编，继续高歌向前进！由于众所周知的改革，前任主编岗位调整，我们在特殊时期一起走过了一段路，也圆满地完成了组织交给我们的任务！我们是振海报社最后两个传统媒体人，这次告别，也意味着传统媒体人的彻底谢幕。相逢总有别离。感谢大家的陪伴！祝你们在各自的岗位上迎来美好的春天！"

麦刚看完这段话，五味杂陈，只有最后的守门人和见证者才有真切的体会。

第四十六章

过完年，麦刚还坚持上班。他踏进办公大楼，更加听见报社这艘船下沉的声音，开始倒计时了，上一天班就少一天了。

麦刚喝几口茶，到小厅转圈，顺时针是33步，逆时针也是33步。厅里和外面静悄悄的，世界似乎只剩麦刚一人了。

天气又开始阴下来，或许太阳又要远离了。麦刚天不亮就醒了，是猛然惊醒的，想得最多的是工作到头了。

知夫莫若妻，她问麦刚："今天你醒这么早，是不是为退休的事？"

麦刚说："是的，如今单位没了，就像一个浮萍，四处游荡，无人问津，过去干的成绩全部被否定了，想想真难过。"

妻子劝麦刚："碰上了，没办法的事，还是要想开些，面对现实，尽快走出来。自己照顾好自己才重要，别急出病来了。"

上午，麦刚本想出去办个事，保障办的莫主任和王副主任来找麦刚，主要是就他退休一事做工作，他俩支支吾吾，最后才得知，他们想叫麦刚主动写个申请退休报告。

麦刚当场情绪失控，大怒："凡事不要做得太绝，谁都会有这一天，尽量照顾一下个人的诉求和实际困难。如果强行干一些违心的事情，只会把事情办糟，把感情办没了。"

麦刚不想违背自己的意愿，硬是没写退休申请，组织决定是另外一回事。

人送走后，天阴欲坠。想想，这些人是不会讲感情，也不会讲原则的，只要达到目的，什么手段都能使得出来，还是做好提前退休回家的准备吧。

两天后，麦刚正在外面办事，榕州保障办王副主任来电："老麦，榕州集团办公室文副处长找你。"

麦刚问："什么事？"

王副主任在电话里结结巴巴，不太想说。麦刚知道，肯定无他事，又是劝他早点退休。

麦刚回到办公室，文副处长很快就来了，带盒茶叶，想缓和气氛。文副处长先把王副主任狠狠地批了一顿，称对麦刚不能这样，做工作要慢慢来。

麦刚知道，这是在演戏，演给他一人看。文副处长一看就是个机关的老油子，见面未谈正事，东拉西扯，扯到麦刚在鹭岛的大学同学，后又扯到很远很远，最后不好说啥，有些语无伦次。过了饭点，他仍不提正事。

麦刚在集团机关待了几十年，显然知道他是来劝自己退休的，再拖也无用，干脆自己主动捅破这层窗户纸。果然，文副处长点点头，似乎松了口气。原来今天来还是想要麦刚主动写申请。想不到集团走到了如此地步，逼人自愿退休。自己写申请，好向总部汇报，都是主动提前想退的。起始不分流称是想留新闻人才，现在却通过做工作逼人走，麦刚彻底寒心。

麦刚想，榕州集团如此对他，说啥也没用，也无人会帮麦刚说话，还是早点退吧。命运就像暴风雨，抗争不过，只能接受了，还是早点筹划往后的生活。

麦刚气愤地接过申请表格，签上了自己的名字，摔笔而去。

晚上，麦刚喝了点酒，忍不住给榕州集团的贾书记发了条信息，对集团办公室让他写退休申请之举非常反对，有损组织声誉，请过问纠正。贾书记没有回信息，或许此事他早就知道，或许就是贾书记的主意。贾书记显然知道，报社改革是事实，剩下的几个人根本掀不起太大的风浪，无须搭理。

早先振海集团有个摄像室，属报社编制。改革后，东拨西弄，最后只剩老田和大海，交还报社管理。老田等待退休，大海确定今年分流。想不到在这个节骨眼上，大海心脏出了问题住院。麦刚只能硬着头皮给莫主任报告此事，想请组织出面去慰问一下。莫主任当场没表态。第二天，莫主任托人给麦刚回话："集团对慰问把关挺严……"

后面的话，麦刚一句没听清，意思明了：不行，政策不允许。

私人企业都讲感情，懂得安抚人心，员工病了住院会慰问，送温暖。想不到偌大的榕州集团竟然改来改去，关怀慰问员工的传统都改没了，还能说什么？麦刚好是心寒。

麦刚上超市，自己掏钱买了点营养品，带上阳光和晓宗去医院看望大海。路上，阳光和晓宗觉得不太好意思，两人硬是下车买了水果和牛奶。在集团医院，麦刚只说三人来看看他，没提代表组织，大海也心知肚明。

保障办王副主任给麦刚打电话，麦刚不想接，响了许久，还是接了，说是给麦刚送两箱水果。麦刚一听，变味水果不想吃，反复推托。

王副主任见麦刚不收，知道其有意见，不开心。于是，他左一个老哥，右一个老哥，不收交不了差。

麦刚想，王副主任只是办事的人，为难他没意思，就让驾驶员晓宗去取。

榕州集团领导获知麦刚终于签了提前退休的申请，肯定会开怀大笑。但幕后之人还是有些心虚，便出点子，买些水果，上门安抚一下。

第四十七章

　　晚上受朋友之邀，麦刚到西京河西参加小聚会，见到原振海集团生产技术部贺处长。当年麦刚的亲外甥有事相求找过他，他二话没说就办了。晚上麦刚借朋友的酒，一再表达谢意。施恩莫记，受恩别忘。

　　麦刚躺在床上看手机，米亚发来信息："4 号了，咋还不发工资？"

　　麦刚回信息："这个不会少，迟几天的事。"

　　米亚说："我再熬几个月就分流走了，最受气的还是你老麦！"

　　麦刚说："天要下雨娘要嫁，随它去吧。"

　　米亚说："不知还有没有单位像我们这样改革，有没有报社改成这样？有没有碰上如此冷酷无情的人、无情无义的单位？"

麦刚无话可说，心里涌上一股寒气，一股凉透骨子里的寒气。

一晚未睡好，还伴有胸闷，麦刚生怕自己病倒。

东海集团医院的老乡蒋勇请麦刚去打牌。四人边打牌，边聊八卦，是最近的事。

蒋勇问麦刚："老麦，你认不认识成小雨？"

麦刚说："认识。过去常在集团新闻培训班和新闻表彰会上见到。"

蒋勇说："成小雨出事了，现在她又回到医院了，整天怕见人……"

在麦刚的印象中成小雨身材高挑，皮肤白皙，颇有几分姿色，在医院干宣传工作。一次小范围的聚会，院领导带上她，她因此结识了振海集团的吉部长，从此成小雨在医院牛了起来。医院的三马是集团后勤部下来的，辛苦建起综合宣传中心，没想到成小雨半路杀出来，抢了三马的位子，当上宣传中心主任。三马欲哭无泪，一夜变天，他成了成小雨的手下，而成小雨成了他的顶头上司，好比辛苦种的一棵果树，果子成熟，硬生生看着被别人摘走了，自己却一点办法也没有。

一次，集团总部电视台来西京采访，带队的领导与三马关系甚密，中午叫三马过去吃饭。三马讲感情，陪着电视台的领导喝了几杯酒。回中心时，成小雨见到脸红似关公的三马，嘲讽他喝了猫尿。三马本来就对成小雨心存积怨，加上酒劲上来，失去控制，当场反驳成小雨："只是为了工作，别阴阳怪气，你在我眼里啥也不是，更不要发号施令……"

成小雨当场蒙了，在医院谁都要让她三分，竟然有人敢当场顶撞自己，还是自己的部下，气得将手中的书重重地掼在地上，用高跟鞋尖狠狠地踩碎。昂贵的地板，被她的高跟鞋尖踩坏一大块，无人敢说。

三马的牛脾气捅了马蜂窝。成小雨转身就到医院领导这里告了三马的黑状。三马也知惹了大祸，想给院领导解释，可刚到书记办公室门口，就传出鲁书记呵斥他的声音……

事后，三马败了，挺惨，被调整到医院信息科，干点杂事。

不久，成小雨要高升了，本来去一个不太起眼的位子。这时正巧吉部长调任集团后勤部部长，一夜之间情况变了，成小雨当上郊区分院的书记。这个位置，医院许多人盯着，觊觎已久，最终还是让成小雨得到了。

世事难料，集团总部来振海集团巡视，吉部长出事被留置。成小雨被迅速调整回医院工作。昔日在医院呼风唤雨，今日无脸见人，成小雨黯然离开了医院。

白居易写了一首诗《轻肥》，描写了那些在官场得意扬扬的人：意气骄傲地走在路上，鞍马闪耀着光芒。问他是谁，人们说他是内臣。吃得饱饱的，心情舒畅，喝得烂醉如泥，风光无限。

曾子说过："吾日三省吾身。"每天反省三次是圣人做的事情，常人做不到。但每隔一年半载，对自己进行反思，找回迷失的本真，这是必要的，也是可能的。

人们经常被外界的压力和诱惑所左右，而忘记了自己真正的价值观和信仰。我们需要时常反省，回到内心深处，认清自己的本性和意愿，以便更好地控制自己的生活和前进方向。

迷失自我的原因有很多，其中最重要的原因是过度追求权力和财富，而忘记了生活中真正重要的东西。我们需要时刻提醒自己，不要被物质和表面的东西所迷惑，要保持内心的平衡与和谐，找到真正的幸福。

麦刚想，真不知成小雨将来的人生路咋走？如何面对家人和朋友？

第四十八章

　　麦刚坚持上班。喝几口茶,他到小厅转圈,顺时针是33步,逆时针也是33步。麦刚非常珍惜最后上班的日子,上一天就少一天。

　　这时麦刚听到办公室外面传来高跟鞋的声音,他知道是米亚来了。

　　米亚开始整理分流材料。他俩见面,除了叹息,还是叹息。这场改革,他俩见证了一切。

　　开春了,天气一天比一天好起来。早上上班,麦刚发现院子里的草和树木开始泛绿了,有的野草也绽放出了花朵。失望的是,他在草地上找了许久,没发现狗尾巴草。偌大的院子,真容不下一根狗尾巴草?麦刚摇头好久。看来只能回老家了,那里容得下狗尾巴草自由生长,无人打扰。

　　春天来了，麦刚要退休了，人生又要出现一个拐点，以后时间多了，该去干什么呢？

　　晚上，麦刚躺在床上，用手机听陈忠实的故事。陈忠实50岁创作完《白鹿原》，前后花费了4年时光，单是调查搜集素材就用了2年时间。写作中，他暂别西安的繁华，到自己的乡下老屋完成写作任务。期间，陕西省作协要调他当作协的书记，他拒绝了，说要是当上了领导，每天忙于繁杂的事务，会影响写作，他要当个专业的作家。

　　麦刚羡慕陈忠实的执着与才华。听说他写完最后一个标点时，眼前一黑，什么也看不见，甚是一片空白。看来写点东西都不容易，尤其是创作出传世佳作，更是要吃常人难吃之苦。路遥写完《平凡的世界》，不久就离开了人世，可以说是用生命写完了这部巨作。

　　麦刚坐了30多年，腰早已顶不住了。算了，退就退了吧，往后的日子多休息，身体好时就写点文字。麦刚准备出本叙写故乡风物的散文集，书名为《背倚青山，煮茶种花》。

　　坐在办公室累了，麦刚披衣出去走走。阳光洒满大院，地上的草开始疯长，好似野孩子，无拘无束。竹子开始泛绿，小树开始发芽。物业在空地上挖坑种树，大院一年比一年漂亮！

　　调到集团总部的江勇今天回来，还带了个工程师，从集团后勤部调来卡车，准备将报社的排版机器和两台打印机运回总部。这可是振海报社的三台核心设备。机器没了，意味着报社彻底清空！

此次机器移交，莫主任没直接通知麦刚，而是交代另一个单位的小伙来办移交手续。麦刚知道这是莫主任故意为之，但他也没觉得怎么样，反正器材是公家的，不过问还省事。何况也留不住，谁弄走都行。

麦刚坐在办公室，听着一楼小厅玻璃门外的声响，一再安慰自己静下心，不要去管。坚持一会儿，眼睛还是止不住向外张望。听到机器被抬上了车后，麦刚坐不住了，那可是他曾经朝夕相伴的机器，如今要运走了，怎能不心痛呢？

麦刚出了办公室，掏出手机，拍了几张照片，算是留点记忆吧。

随着卡车车厢门关上，麦刚的心也空了。

没人能阻止，也无法阻止，更没阻止的必要和意义。时代淘汰你，非常残酷，不但不打招呼，甚至还会用刀子捅你，捅在你的心上，鲜血直流，让你痛得泪流满面。

江勇上车时还开玩笑："老麦，我将机器拉走了，你不要流泪啊！"

此话诛心。怎么不流泪？只是泪早已干，心更已死！

车子缓缓离开，留给麦刚的是无奈，难过，茫然。麦刚记下车牌号：东 A—03059。

机器拉走的第二天，米亚告诉麦刚，榕州集团办公室牛副主任听说报社的机器被运回集团总部，大发雷霆，质问是谁运走的。当牛副主任听说是振海报社的江勇，更是恼羞成怒："又是振海报社的人！他们想干什么……"振海报社的人在他眼中，都是刺头，不听话。因画册之事得罪了他，结下的梁子，却是麦刚一直代之受过。

第四十九章

麦刚上大学时的老师李进来了。李老师下榻西京东南饭店，打电话给麦刚："麦刚，你好，我是李老师，多年未见，邀请你来东南饭店聚聚。"

麦刚听说李老师来了，顿时开心起来。恩师难忘，自己该尽点地主之谊。麦刚对李进老师非常敬重，特意安排在集团旁边的银子楼。麦刚还找出大学通讯录，找到在西京工作的同学，啪啪地打了一通电话，请来四人作陪。

李进毕业于名牌大学新闻系，海边油城水乡人，为人正直，健谈。麦刚上大学时每晚都去图书馆写东西，李老师发现后，给他创造了许多机会，鼓励他坚持下去，是麦刚走上写作之路的第一个引路人，让他一生铭记在心。

振海集团录像室刚移交给报社没几天的老田，女儿因病去世，有人在朋友圈发信息悼念。老年丧女，痛苦可以想象。按理单位要上门慰问，可如今这个情况，麦刚只能无奈叹息一声。

振海集团原来是个讲感情、有温度的集体，如今这样，无法接受。麦刚不太明白，也不理解。

保障办莫主任来电，集团总部要来检查房地产出租事宜。报社门面房早关了，剩下一间房存放一套彩扩设备，有啥好检查的？莫主任在电话中说："老麦，建议你出面陪同一下。"

麦刚说："我病了，起不了床，陪不了。"

不一会儿，麦刚又接到一个电话，属地显示内蒙古，他怀疑是骗子，随手掐掉了。

不一会儿，"叮咚"，麦刚收到一条信息，原来是集团总部巡视组的。一个自称姓杨的要来报社，主要是清查报社这几年发放稿费清单，他说的当然是公众号文章的稿费，这与麦刚没半毛钱关系。这人口气狂妄，点名要麦刚陪同。

麦刚缓缓情绪说："我已确定退休，发稿费不归我管，不要找我。再说，我病了，躺在床上起不来，让驾驶员晓宗陪一下吧。"

姓杨的明显不太高兴，但也不好多说。这个时候麦刚非常清楚，不会看谁的脸色，更不会搭理与自己无关的人。

知人知面不知心。改革后，报社池子里水抽干，什么事都冒了出来，看得清清楚楚。

　　榕州集团办公室新上任的吴主任来西京看望报社及相关人员。台上坐一排，台下三两个人，但吴主任还是要拉开架势作指示："同志们，辛苦了！我曾分管过宣传工作，对振海报社被撤掉一事感到非常惋惜，人才流失啊！接下来我们还会对你们这边重点关照！"这个时候人都清光了，怎么关照？流失什么？

　　临走时，吴主任建议这边要成立组织，管理不能挂空挡。

　　麦刚没有一丝兴致，自己即将提前退休，过几天就回家了，成立个组织有何用？自己管自己？麦刚笑了。后来麦刚才知，麦刚主动写的退休申请，报到总部后没批，只能再留麦刚一年。

　　原振海集团早西老乡小范围聚会，集团刚退休的程副总得知麦刚这么年轻就被迫退休，动了恻隐之心，想将麦刚调进东海集团，干到六十再退，何况东海集团也需要这方面的人才。程副总当场给东海集团分管生产技术部的蓝副总打电话："老弟，我是老程，报社有个麦刚，上不上，下不下，这么年轻退休可惜，推荐给你，让他再为新集团做点贡献。"

　　蓝副总说："老程，我对报社的情况也了解一些，现在是特殊时期，我不好直接点名，只要下面将麦刚报上来，我就按流程，绝不会卡他。"

　　程副总又将电话打给生产技术部分管人事的于可部长。于部长对麦刚熟悉，当场答应过几天去报社考察一下麦刚。

　　程副总两个电话打完，麦刚仿佛看见了一点希望，在海上抓到根稻草，但他很快清醒，现在榕州和东海分属两个集团，调人还得经过集团总部审批，不是那么容易，且过程又长，只要哪个环节上出了问题，就是个死结。

　　榕州集团办公室主任早盯上了报社的越野车，即报社过去的一号车。今天正式来通知了，车子收回榕州使用。显然是命令，没有半点商量。报社即将关门，车子也快没用了。其实为了收走这台车，麦刚早就看出其中的一些手段和门道。

　　早上上班，麦刚看到榕州这边发来的收回报社一号车的传真文件，一句话没说。

　　报社正一点一点地消逝，又无法留住。麦刚见过的黑暗实在太多，即使这样，仍然有些事情超出了他的想象力。

第五十章

麦刚坚持上班。喝几口茶,他就到小厅转圈,顺时针是33步,逆时针也是33步。每天都在倒计时,麦刚非常珍惜最后上班的日子,因为上一天就少一天。

今天,麦刚转完圈,特意从一楼上到二楼,二楼一片漆黑,所有的门都关上了,只有走廊两头的窗户依然透出一点光,似乎有意给报社保留一点希望。会议室有扇门敞开着,门锁早坏了,反正里面也没有什么东西。曾经副社长木弓在办公室打电话没信号,喜欢到会议室,发现里面的信号要强一些,为此锁特意没修,一直留个门缝。如今报社的人全走了,留个缝也没人再进去了。

人生如此,有时一片光明,有时一夜间反转,一片漆黑。上帝关上所有的门,必定为你留下一扇窗。可是,这扇窗户在哪儿呢？麦刚没看见，也找不着。或许上帝无意中把他遗忘了。

本来麦刚心已平静，可经程副总热心推荐后，结果睡眠又不好了，醒来便会自然而然地想起此事。人啊，六根真难清净。

麦刚偶尔想起进东海集团之事，就给于部长发信息，打听调动情况进展。

于部长回信息："零星调动，有点困难，只能等直属单位大批调人进来才能办。"

收到信息，麦刚的心开始凉了，榕州集团要他退休，东海集团要等一批，看来希望犹如肥皂泡，随时要破灭。

晚上散步时，麦刚碰见邻居陈长江，早先不太起眼的他，改革后飞黄腾达，如今又要晋升到新单位了。百无一用是书生，麦刚想想自己，曾经是多么努力，结果什么机遇都没有，而有些人躺着也会有良好的发展机会，命运真不公平。

世事无常，生命无常。朋友给麦刚打电话，说东南省政协副主席沈刚在纪委找他谈话后，在月亮宫旁边的车上自杀好多天了，单位和家里以为纪委把他带走了，又不敢问，也不好问，直到车上散发出臭味有人报警，警方到现场比对后，才知是他。

做人啊，手不能伸得太长，口袋里不能装得过多，胃口大了，没了底线，总是要还的，是早晚之事。

鲁迅曾说：希望本无所谓有，无所谓无。其实地上本无路，走的人多了，便成了路。麦刚已看见自己的来路，也清楚地看到自己的后路，不能有太多的奢望了，上苍给了小路就走小路，给了大路就走大路，没有路就自己踩踏出一条路，走完余生。锦上添花的人多，落难救人的少。社会就是这样现实！

上午麦刚在电脑上写文章，听见外面小厅里有讲话声，不一会儿有人来到办公室门口，原来是报社调到东海集团的亚成。他看到麦刚说："老麦，你一个人在这里办公，不怕吗？"真不知他是同情还是讽刺。麦刚不想和他啰唆，回道："怕啥，难道白天还有鬼？"

福无双至，祸不单行。榕州这边开走一号车后，今天又要将驾驶员晓宗分流。

麦刚打电话给保障办王副主任，他说没办法，做了许多工作都没用，一定要分流。

对他们的说法，麦刚不太相信，也不会相信，因为无论是榕州集团高层，还是办公室和保障办，他们早就想尽快将报社的人分流完成，省得担心这边，怕这边出事。

今年梅雨提前来了，这几天南方都在下雨，受其影响，西京每天阴沉沉的，倒是很凉快。

麦刚忍不住给保障办王副主任发了条信息，询问驾驶员晓宗分流事，他回信息："老麦，基本达成一致，向后推再说。"

麦刚回了两个字："甚谢！"

王副主任又回信息："老哥您说了，小弟一定尽力协调。"

麦刚总算感觉有了一丝温暖，当然具体情况还不知。正如他们强迫麦刚退休一事，上面不批，他们也就没辙。

第五十一章

早上，驾驶员晓宗接麦刚上班。

晓宗说："老麦，东海集团食堂通知我，今天不要去吃早饭了，我只能饿着肚子来接你。"

麦刚听后，心里堵得慌。这可是个大问题。麦刚随手将自己的饭卡给了晓宗，让他每天拿此卡去食堂就餐，吃过后再接他，不要急。

天气热起来了，尽管昨晚下了一场雨，但还是异常闷热。

榕州集团后勤部有个活动，部长找到办公室昊主任，想请保障办的人去宣传宣传。昊主任交代莫主任，莫主任请麦刚去看看。麦刚不想去，没了报纸，平台也没了，犹如老虎离开了山，鱼儿离开了水。再说榕州这边如此对报社的人，报社的人不可能有好心情去搞什么新闻报道。

　　莫主任知道麦刚不想去，就说去出出点子吧。好在搞活动的单位的两个主管领导过去熟悉，他勉强同意去看一下。

　　麦刚去了现场，有熟悉的面孔，也有陌生的面孔。按以往的惯例，麦刚当场帮忙理出了新闻线索，定下了主题。谁知搞宣传的人根本不会写，也未写好。稿件传给麦刚，他敷衍几句，又退回去了。麦刚明白，自己随时回家养老，何必多事？

　　麦刚坐在办公室敲了一会儿键盘，习惯性起来在小厅里走走。小厅寂静无声，似乎这里不曾发生过什么。

　　早先有只猫在小厅玻璃门外活动，有时就靠在门上晒太阳。这只猫通体金黄，唯独脸上有块黑疤，或许上苍太宠它，生怕它下凡后认不出来，特意在其脸上留下印记。麦刚不想惊动它，因为它是唯一陪伴自己的邻居。它不会区分麦刚是大楼的主人，还是借住的客人，也不会嫌麦刚官大官小，只是在这里安静地享受院子里的宁静，享受属于它的时光。

　　麦刚坚持上班。向左是 33 步，向右也是 33 步。楼下，玻璃门外的院子里，一片寂静。评报栏贴着十张报纸，四张大样，四年了，报纸发黄了，大样还是雪白的。报纸如人，莫名其妙地被遗忘在这里，无人打理，更无人关注。麦刚想，总会有一天，它们会和我一样，彻底在这里消失，铝合金框和架子或许会被丢弃在仓库或是楼道一角，报纸会随之被丢进垃圾袋，进入垃圾站被碾碎，在这世界上无声无息地消失，无人会关注，无人会同情。

东海集团生产技术部的于部长给麦刚打电话，要麦刚送份简历给他。难道调动之事有点眉目了？

麦刚放下电话，立即打印一份简历，叫上晓宗，开车来到生产技术部大楼二楼办公室，见到于部长。

于部长起身相迎，秘书给麦刚拿了瓶矿泉水。坐了两分钟，麦刚简要介绍了报社的情况和自己的情况。于部长说："你的情况已给善二副局长说过，目前正在积极争取。只是调人，集团要向总部上报需求，审批同意后，再到各集团去考核调动对象，合格后才能调动，周期很长……"

麦刚没多说什么，也不好说什么，只能不停地道谢。没人收留之人，还能说什么呢？他走出过去熟悉的大楼，如今已然陌生。看来，调东海集团的事，基本没多大的希望了。因为榕州集团不会给他这么长的时间，或许年底就会报他退休，即使调令来了，也是他退休之后。

盛夏，蝉鸣。快四年了，集团大院里物是人非。东海集团保卫部分管录指纹的人竟然把麦刚的指纹删了，他每次进大楼都无法过闸门。本来进这幢办公大楼心就拔凉拔凉的，现在连门都进不了。麦刚找到老乡昌伟，他甚是热情，立即给分管指纹的部下交代："报社的麦刚是我哥，按规定他们还在这里办公，尽快将他的指纹录进去。"

上午，麦刚带着晓宗到保卫部，重新录了指纹。

上四楼录完指纹，麦刚发现报社二楼会议室的桌子和凳子全被拆除了，堆在一起，听说东海集团想在此搞个活动。这里曾是报社重要的集会场所，许多的大型任务和采访计划，都是在这里讨论，发布实施的。如今，人去楼空，只有寂静，还有不时落下的灰尘。

第五十二章

报社这艘船加快了沉没的速度，这是无法阻断，也无法挽留的事情。今天早上，东海集团保卫部张部长来了，他们部改革后编制扩大，人多办公室少，集团决定让报社腾几间办公室给他们。

报社现在只是暂住，早晚是他们的，何况现在也只剩下麦刚了。

前两天，东海集团办公室凡主任到报社，统计了办公室的具体数量。后来，东海集团洪书记也带办公室的人来过报社，他们早就在悄悄分报社的房子，只是没有告诉麦刚，也不必要告诉麦刚。

麦刚很干脆，要就拿去吧，反正自己在此办公也没几天了。天要下雨，娘要嫁人，真的没有办法，随它去吧。

　　榕州集团获知东海集团这边要报社的房子，建议东海集团办公室出个函，由保障办作为凭证向上逐级报告。

　　东海集团营房办的人听说榕州集团要他们发函，不太高兴，报社本来就是暂借这边的房子办公，这边反而要主动发函，不合程序。如今，改革已到位，房子本来要收回，只是考虑到老感情，没有强行收回，不存在给榕州集团发函的情况，要发函，就是全部收回。

　　麦刚听后，一阵难受。

　　出梅后，天气开启高温模式。麦刚白天稍动一下就出一身汗。中午回家，他洗个澡方能休息。

　　晓宗申请休假，一是奶奶过大寿，二是他女友去世一周年，也要回去悼念。死者去了，什么也不知道，只能给亲人留下无尽的痛苦。

　　麦刚身体不适，在家休息几天。再来上班，一楼走廊又长出了蜘蛛网，连进小厅的门口也被蜘蛛网包围，门框处也拉起了天网，稍不注意就会弄得满脸蜘蛛丝。他记得小时候在村里，有人脸上碰上这讨厌的蜘蛛丝会过敏，长出一片红斑，很难治好。

　　蜘蛛这家伙很精明，和现实中许多人一样，知道此处人稀，唯麦刚独自在此滞留，无暇打理，就越发集中在此，办公室门口，卫生间，走廊上，随便扯线拉网摆场子，根本不把麦刚放在眼里。

晓宗休假提前四天结束。什么原因，麦刚没问，毕竟是他的私事。

夜半酒醒人不觉，满池荷叶动秋风。眨眼立秋了，早上起来，明显感觉凉快多了，天也是阴的。进入秋天，日子会好过一些。过了秋天，一年就没几天了，日子如流水一般。

上班进办公室，走廊一片静寂，麦刚吹响口哨，或是唱两句歌，驱赶一楼的孤寂。卫生间或是走廊上任何一个微小的生命，麦刚都十分珍惜，从不轻易惊扰它们，因为它们在这里默默地陪伴着他。在大众一哄而散的情况下，唯独它们没有走，也没有势利眼，不管麦刚对它们有没有用，有没有价值，它们都不在乎，还真心和他做朋友。

最应感谢的是那只白猫，它总是在麦刚困顿或是疲倦之时，来到窗下，透过门玻璃，抬头看看他，生怕他在这里寂寞久了，对生活失去信心，或是停止思考。它让麦刚知道，世界上任何东西抛弃了他，它也不会离开这里，放弃给予他陪伴和安慰。

作家苏岑曾说："不必把太多人请进生命里。若他们走进不了你内心，就只会把你生命搅扰得拥挤不堪。"

人生，就是不断遇见，又不断分别的过程。每个阶段，在我们身边会出现不同的人，没有人会陪我们走完全程。余生，不必把太多人请进生命里。真正的朋友就是在你有困难的时候，二话不说挺身而出，既能雪中送炭，又能锦上添花。

对于那些阳奉阴违的人，最好是敬而远之，擦亮眼睛，学会取舍，珍惜该珍惜的，放弃不属于自己的。

麦刚相信，一切都是最好的安排。永远别为了已经发生的事情而后悔，不要轻易放弃自己的追求，永远不要停下追求事业的脚步，过早进入休憩状态。只要一息尚存，信念不死，就要执着前行，不畏艰难，去争取更好的新生。

保障办莫主任来了，慰问老干部。

结束后，莫主任让麦刚陪他上二楼看东海集团先前拿走的几间房子。莫主任看了看，什么也没说。麦刚陪着，没多说一句话。

麦刚有几个好朋友要去外地任职，他接连参加了几场送行会，感慨颇深。别人都走了，就他困顿在此，像一只陀螺，每天原地打转。

他喜欢看天上的白云，聚了又散，散了又聚。人生离合，亦复如斯。

第五十三章

　　周日，雨未下透，台风就走了，也不知拐弯去哪儿了。沿海城市每次来台风，百姓都会遭殃。其实真的很矛盾，内陆盼台风，因为台风来了送清凉；沿海怕台风，因台风会破坏建筑，摧毁农作物，引发山洪暴发，河水上涨，甚至还会危及生命。每个地方的人心愿不一，只能祈愿众生平安，毕竟人活在这个世界上都不容易。

　　麦刚坚持上班。从一楼走廊西走到东是55步，从走廊西到东依然是55步，只是东面的地面上多点灰尘，西侧地面发出光亮，这是他每天活动的场所，写作累了，就可出来散散步，思考思考文章的细节和布局，还有下步如何下笔。

　　小厅里左右两边墙脚下，蜘蛛早已占领，大胆地拉网，不断扩大。

农历七月十五，中元节，亦是鬼节。如今鬼真的多，白天躲在暗处祸害人的是假鬼，比真鬼更可怕。麦刚没见过真鬼，只听过传闻。但真鬼不可怕，毕竟见不得人。

麦刚敏锐地察觉到，蝉的叫声开始变了，好似在叫"快死哟""快死哟"，因为立秋过后，它们的生命就要快结束了。人生一世，蝉鸣一季。每个物种都有自己的使命。在这么短暂的生命里，蝉不求什么，只是单纯地歌唱，真的了不起！

中午在食堂吃饭，电影队移交到榕州保障办的孙刚回来了，他神秘兮兮地问麦刚："莫主任来了，知道不？"

麦刚说："不知道，也不想知道，和自己半毛钱关系也没有。"

孙刚补充说："莫主任是来处理房地产事情的，顺便找老田谈谈，劝其提前退休。"

第二天，莫主任给麦刚打电话："老田怎么找不到？"

莫主任主动说他来西京了，麦刚故意不问。你来就来，反正与自己没关系。既然你问了，自己也就帮着找找。麦刚用座机打电话给老田，响了好一会儿，老田接了。麦刚对老田简要说明莫主任找他的原因，老田说："我正在开车，等会儿给莫主任回电。"

出于礼节，麦刚给莫主任反馈了情况。

又是午间在食堂吃饭，孙刚突然又神秘兮兮地问麦刚："前段时间你是不是出去了？"

　　麦刚说："没有。"

　　孙刚说："莫主任问我，这两天麦刚是不是出去了。"

　　麦刚陡然明白，莫主任肯定是看了他写的一篇祭拜作家路遥的文章。

　　麦刚对孙刚说："此文是旧作，重发。"

　　莫主任是看麦刚出去没有打招呼，坏了规矩。麦刚有些想笑，平时有事没人管，自己写个文章却要来抓辫子，看似自由，实质上还是有眼睛盯着他的，稍不注意就会让他们抓到把柄。

　　麦刚下午在办公室正准备出去办事，报社过去的校对员钱秀芬来了，她是来办理大院出入证。钱秀芬的丈夫早先是振海集团的干部，因患病去世早。后来，钱秀芬患肝炎，当老师不行，集团办公室就照顾她安排到报社当校对，一直未曾改嫁。她退休后，儿子大学毕业去了外地做生意，娶了外地女子为妻。钱秀芬独自住在八华山下的房子里，痴迷画佛，给麦刚讲了许多有关佛的事情。看来老人最怕的是没事做，痴迷一件事，什么都忘了，包括孤单寂寞，甚至疾病。

　　麦刚热心协调，钱秀芬顺利办好了出入证。

　　晓宗的外公去世了，麦刚想报榕州集团保障办，但考虑到不是直系亲属，故未报，就让他回去几天，但愿榕州这边不要出什么幺蛾子。

第五十四章

　　节气进入白露已六天，立秋处暑天渐凉，庄稼要收玉米和高粱。早晚气温越来越低，麦刚今早起来散步，开始穿运动鞋了，凉鞋只能明年见了。

　　上午，麦刚推开报社一楼小厅玻璃门，进入静寂的一楼。走廊里光线有些昏暗，厕所的灯昨天下班时忘关，一直亮着。亮着也好，为这里增点光亮。

　　麦刚烧好水，泡好茶，坐在桌子前，抬头打量窗外，树林一动不动，无一丝风，偶尔传来几声蝉鸣。有一只鸟儿从窗外快速飞过，它这是要去哪里？是去寻觅早饭，还是去赴一场约会？不得而知。院子里不见一人，无一台车，空旷得让麦刚有点难受。

　　常常怀念过去人来人往的时光，怀念热闹的院子。可是，这一切都远走了，不可能重来了，正如不可能回到昨天一样。

　　榕州集团办公室直接通知麦刚去郊区东崮山某单位看录像。麦刚一万个不想去，可要是不去，自然又会给自己套莫须有的帽子。最后，麦刚还是去了。

　　麦刚发现，这个单位的书记是从振海集团办公室出来的，过去彼此熟悉。他们分流出来，如今都提升干上了正职。改革有人欢喜有人忧。报社当时不准分流，后面又没人管，如果起始就分流出去，四年下来，如今总得有进步，也不会受这么多的罪！

　　麦刚坐在第一排，前有探头，不太自在，但他想，或许这是他最后一次参加集体活动，职业生涯就要画句号了。

　　进入9月，关于调入东海集团之事，于部长告诉麦刚，下半年会进一批人。或许对麦刚来说，这是一缕阳光，但到底能不能照进他的心间，还是要看能否实现，因为他的年龄和级别偏高，无论哪一关卡他一下，此事就有可能黄了，还是要做好两手准备。

　　麦刚记得，曾听老师讲过《蛤蟆变青蛙》的童话故事。

　　麦刚非常好奇，蛤蟆是怎么变成青蛙的呢？

　　老师告诉他，把身上的脓疱一个个地挤掉……

　　麦刚说："那得多疼啊？"

　　老师看着麦刚，默然。

　　其实长大了，麦刚便能猜测到他沉默中的那些话是何意味。

　　变成青蛙的只是个别传奇，这世上有数不清的蛤蟆，努力地挤脓疱，最后都没变成青蛙，反而得了破伤风，挂了……

　　不要因这个故事而悲观，这些挂了的蛤蟆，它们的心，已经变成了青蛙……

第五十五章

　　麦刚坐在办公室浑身难受。坐下来，许久不知该写什么好。一晃到了下午，他还是坚持静下来修改书稿。麦刚为出版《背倚青山，煮茶弄花》，近期花了不少时间。

　　一天很短，短得来不及拥抱清晨，就已经手握黄昏。

　　一年很短，短得来不及细品初春到殷红窦绿，就要打点素裹秋霜！

　　一生很短，短得来不及享用美好年华，就已经身处迟暮！

　　时间总是过得太快，领悟得太晚，所以人要学会珍惜，珍惜人生路上的亲情、友情和爱情。

　　因为一旦擦身而过，也许就永不邂逅！

　　且活且感恩，且行且珍惜！

　　一年一度的中秋节到了。对于节日，麦刚不感兴趣，对食物更不感兴趣。父母不在，回老家一事便没了吸引力，团圆只限于小家了。

昨晚麦刚做了个奇怪的梦，梦见报社最终解散，每个办公室的门都开着，地上全是垃圾，空荡荡的，仅仅留下他一人，没地方吃饭，没人搭理，整幢大楼一片漆黑，见不到一个人。还梦见他和妻子回到她的原单位，她在广播室说的话不小心播出去了，楼下人山人海，麦刚在人群中喊她，不要再说话了，手机也打不通……

日有所想，夜有所梦，或许是麦刚的际遇造成的，如今这个情形，自然会梦到这些情景。

山有峰巅，也有低谷；河有平流，也有旋涡。人生之路也一样，不可能一帆风顺。低谷期也许很长，能否始终如一地保持积极进取的心态，至关重要。自怨自艾于事无补，只会阻碍前进的脚步。唯有积极地面对低谷，沉心于当下在做的事情，耐得住寂寞、挺得过艰辛，才能穿越低谷、走出困境。

又是一天上班，楼下一片寂静，蝉开始谢幕了，秋虫发出微弱的声音，不敢过于张扬，或许是季节还没到。秋阳透过玻璃照在桌上，麦刚觉得有些冷，可无论怎样，也要坚持，在文字里寻求温暖，找到快乐。

国庆节后，西京气温开始下降，下了点雨，刮了大风，短袖顶不住了，长袖粉墨登场。

高乡老乡合雨请麦刚和大龙晚上聚聚，地点在得几广场的鲜四季。麦刚是首次到这样的地方吃饭，装修是纯日本风格，房间摆的是榻榻米，进门脱鞋子，地上铺草席，但有所创新，榻榻米下面可以伸腿，要是整顿饭都盘腿坐着，肯定挺累。如此风格，房间又不通风，味道挺大。上的菜肴是海鲜和烧烤，不太适合麦刚的口味。喝的是獭祭清酒，日本的名酒，不知酒名有何来由。记得电影中日本人只要说起清酒，瞳孔立马放大，且会边喝边舞，也许清酒配舞是最高兴之事。

麦刚上午去报社二楼电脑房取东西，忽见有人在走动，原来是东海集团已将办公室分给了个人，正打扫卫生，准备在此办公。沉寂了几年的走廊，又要热闹起来了，真是"沉舟侧畔千帆过，病树前头万木春"。麦刚站在走廊，感慨颇多。报社之船即将沉没，进驻的人开始在新环境办公。或许他们会偶尔说起，这里曾是振海报社的办公室，但报社的人全走了。

转眼就到了年底，这是麦刚的关键时期，有两条路正等着他选择：一条是进东海集团工作，继续工作几年，直到退休；另一条是提前退休回家，开始退休生活，从此不问过去，过好余生。

榕州集团保障办的王副主任来电，询问晓宗想不想分流去榕州。晓宗不想去，直接拒绝了。王副主任提醒麦刚，调东海集团的事要抓紧办，因为四季度未见他的调令。

第五十六章

麦刚因长期伏案写作，颈椎和腰椎都有所劳损，经常发病。这两天，麦刚的颈椎隐隐作痛，造成四肢酸软。清早起来，他不想在家躺着，还是坚持来到办公室。

坐下来喝会儿茶，麦刚除了颈椎折腾，头也开始隐隐作痛，没有一点写作兴致，仅改了个题目，怎么也进行不下去。看来，写作还是要有个好身体，没了健康的身体，无法坚持下去。

为放松一下，麦刚下午来到皇宫遗址公园溜达了一会儿。开放式公园一天到晚都静不下来，里面多为退休后的老年人，跳广场舞，打扑克，练剑，还有玩抖翁的，更多的是转圈散步，锻炼身体。今天公园里有了新花样，搭起了许多小帐篷，原来是在办种牙活动。不过关注的人并不多，毕竟在这个地方种牙不太放心，许多江湖医生都喜欢打一枪换个地方。

一场秋雨一场凉，这几天穿单衣顶不住了，穿两件衣服正好。麦刚昨晚走在夜幕下，一阵风袭来，还真感觉有点凉意。

又是新的一天，报社楼下一片静寂，只有麦刚的脚步声在回响。窗外好静，虫子皆止声，它们是开始冬眠了，还是这个时段开始休息了？反正静得可怕，只有远处大营小学的广播站喇叭里放出学生朗读诗文的声音。无一丝风，树木也一动不动，像一个个哨兵在此挺立。

下半年麦刚计划干的几件事，正在实施中，关键是要抓紧逐一落实，力争都有满意的结果。

麦刚上午在办公室心绪不宁，又站起来走走，小厅里和往常一样安静，左转右转，他又回办公室，还是不想写，只得将办公桌上的剪报和沙发旁的剪报整理一下。办公桌面因前段时间找资料弄乱了，命运可以乱，日子不能乱，环境不能乱。

麦刚早上上班在一楼小厅玻璃门前下车，这只一直陪伴他的白猫正蹲在路边的四季青下眯着眼晒太阳，它身上有些脏，右耳黑得明显，右后背部也有一圈是黑的。它也是孤独的，没有别的小猫陪伴它，犹如眼下的自己，单位的人都四散了，还在这里坚守，每天只有与孤独和寂静为伴。然而，它又是自由的，不受体制管理，没有名利得失的烦恼，更不用遭受世间冷眼，困了随地打个盹，饿了四处觅食，高兴了就号叫几声，不想在这院子里住了，就换个地方，根本不受地点的限制，也没有年龄限制，来去自由。

今天东海集团的于部长给麦刚回电，调动的事不是他们这边说了算，要等集团总部通知。

麦刚对于部长说："榕州集团催得紧，到时还请他们与榕州这边对接一下，告诉他们这个人拟决定调用。"

于部长答应了。

如今麦刚最怕的是具体办事的人拖拉，见没来函，就先报他退休。

麦刚过去睡眠一直不错，倒在床上就能睡，可现在失眠越来越厉害。自从榕州集团催他提前退休，强迫填写退休申请后，睡眠就没有好过。

昨晚一直未睡好，妻子也一样，她早上还坚持起来跑步锻炼。妻子起床后，麦刚本想多睡一会儿，还是未睡着，脑子里一直想七想八，全是事，这样下去，身体迟早会出毛病。

榕州集团保障办王副主任来电："四季度计划报你退休，东海集团下半年人员调整要到12月，显然有冲突。"

王副主任最后提醒麦刚："11月上旬早点协调，因为一旦通知来了，就是两三天的事情，到时来不及……"

东海集团办公室正式接收了报社电脑房。这个报社曾经花40万元装修的电脑房，历经了近四年的闲置，如今破败不堪，存放在里面的破桌椅及电脑等，即将全搬到楼下的仓库里。当时，谁也没料到会是今天这个结局。

东海集团办公室主任带人到报社分配办公室，大家都想多争取几间，恨不得全部分走，包括麦刚的办公室。麦刚没答应，说缓缓吧，毕竟他还在这里办公。这些人像是在屠夫肉案上抢肉，想一根骨头都不剩，吃相真的很难看。

看着寂静了近四年的两层办公区仅剩三个房间加一个仓库，麦刚觉得报社这艘船正在加快最后的沉没速度。大院里，集团中有他没他都一样，他实在是太渺小了，犹如田野上一株麦子，河边上一根狗尾巴草，走过路过的人，不会留意关注一眼。

听着楼上分房子的说话声，还有搬东西的声音，麦刚心里很乱，也无法静心写作，身体也不适，坐下又站起来，走走又坐下。

那只猫一大早就坐在小厅外面的台阶上，眯着眼，似乎早上还没吃东西。它或许有些饿，或许在回忆昨晚的美餐，或许什么也没想。

秋后持续了两个多月的晴天，今天阴了下来，昨晚下了一点小雨，温度也降了下来。麦刚到办公室，有点凉意，不想坐下来。从天气预报中获知，本周最低要降至 1 摄氏度。看来秋天快结束了，冬天要来临了。无论是秋天，还是冬天，人生都要当作春天来过。

中午在上班路上，麦刚接到一个陌生电话，接通后才知道是榕州集团保障办的人。原来是有人来西京检查库存烟酒和高档字画一事。不知哪个脑子不好的人想出的主意，报社改革都四年了，办公室都快分光了，哪还有这些东西。

既然来人了，看就看呗。麦刚和晓宗将仓库、过道和自己的办公室清理了一下，不想让他们看到自己在此落魄的一面。尽管只有他独自一人坚守阵地，但报人的风骨还在，精神尚存，即使只剩最后一天，也要有文人的品格，有报人之洁净。

麦刚陪榕州集团保障办王副主任去看望老田。他女儿去世一年了，两夫妻仍未走出失去独生女儿的痛苦，家里没什么生气，两盆绿萝蔫了，似乎很久没浇水了。落座没几分钟，谈起女儿和老田调级未成的事，老田夫人猝然失态，不停地抹眼泪。王副主任口张一半，再也不好意思提老田退休之事，赶忙告辞。

转身，麦刚又陪王副主任去看报社的老社长赵伟，目的也是办退休手续之事。原来莫主任根本没给老社长说，或许他不好意思开口，故让王副主任来说。王副主任也不好直接开口，只好先搬出过去老社长在他老单位蹲点之事，再道出最后之目的。

老社长当场答应，但强调先前提出的疗养一事还未办，还有房产证和住房公积金的事也需要协调。

王副主任爽快承诺，一定办好。

第五十七章

榕州集团保障办王副主任来西京，移交报社四个退休老同志。

移交完，按过去的习惯做法，该宴请一下被移交的老同志。如今说是有规定，免了。

麦刚想请王副主任聚一下，他不好意思，最终拒绝了，还说起去年办公室文副主任当麦刚的面批评他，还朝他挤眼睛的事。

麦刚哈哈一笑说："我不是傻子，知道你们是演戏，只是演技太差，像个蹩脚的小丑。反正榕州这边，我心中都有数，只是场面上应付一下。"

东海集团分管人事的小际给麦刚打电话，说集团申请调进的人需要同生产科研有关，不是生产科研的人才，上面都会卡掉，且东海集团人员比例超编，每年二三月份才启动调人，都是总部下计划，他们也是按计划行事……

后面小际说了什么麦刚记不清，他也不想听了，主要意思是他们不想调麦刚，理由是不符合调动要求。

想调你，有一千条理由；不想调你，也有一万条理由。麦刚非常清楚。

事后，麦刚从旁得知，真正不同意调麦刚的是副部长善二，他把事搅黄了。

麦刚认识此人，他曾是报社重点宣传过的科技创新的典型。正因为是典型，改革中他被遴选出来，得到高升。现在反过来了，他专卡报社的人。正如档案馆的人，因图片之事结怨，盖个公章都要刁难。

当天榕州集团保障办有人来电，了解麦刚的职务和级别，还有身份证号码。麦刚问，其何用？对方说准备报他退休。

当晚，麦刚反复做梦，一会儿醒，一会儿沉睡。梦里，一会儿，他随一群人走，突然有人让他停下来，麦刚问了一句，此人态度很不好，说他有牢骚，麦刚说没有；一会儿，麦刚回到单位，见到其他单位的人都要走了，一起话别，麦刚见到单位空无一人，还有远去的车子，流泪了，不时地擦泪；一会儿，麦刚坐在办公室里，很黑，只有微弱的灯光，电脑不见了，想写点东西，四处都找不到电脑，门外一片静寂，窗外漆黑一片，什么也看不见，麦刚流泪了……

麦刚一夜是梦，未睡好，早上起来，心里堵得慌。

周一，麦刚来大楼上班，进报社一楼小厅，面目全非，原来正在搞装修，墙面已粉刷一新，弄得满地是白灰。乒乓球桌不见了，报社的宣传栏也搬走了，报社最后留存的一点记忆也没了。听说这里将成为东海集团的健身中心。靠西头这边的两个房间也被清出来了，东海集团纪委在此设了个留置谈话点。

调进东海集团的周大仁今天也来要办公桌椅，单位都快关门走人了，榕州集团也不会要这些破办公器材了，随他拿走吧，反正最后都会被扔在这里。

周大仁在麦刚办公室告知了他一件事。当年有封告社长朱星和秘书的信，有人将信转给秘书，秘书怀疑来怀疑去，最后怀疑是黄浩。因黄浩与麦刚是老乡，他们硬是将麦刚扯进去，最后认定是俩老乡干的。

要是周大仁不说出来，或许麦刚今生也不会知道此事。难怪麦刚有段时间被冷落，被莫名排挤，甚至错失提升的机会，原来都是这封信所害。

麦刚将此事告诉了黄浩。黄浩除了震惊，还是震惊，没想到还有此事，人心真毒。当然，麦刚现在也猜到这封信是谁写的，此人见不得麦刚好，特意出个阴招，来抹黑麦刚，将麦刚整歇。搞笑的是，此人最终也没捞到什么好处。

麦刚开始进入退休状态，人生归于平静。只是退休真的有点早，一生抱负未了，留下诸多遗憾。可又想想，在当下这样的工作环境中，遇见这样一些人，即使多干几年，或许也没什么建树。麦刚想到这些，似乎又坦然多了。

老单位科长伍林请麦刚聚聚。席间，麦刚见到了已退休的漆部长。

伍林当年刚升机关秘书科长，科里招新人，他第一个想到麦刚。麦刚与他相识是因为组织史编写，其时伍林负责这项工作。伍林发现麦刚送来的材料一字未改，从此记住了麦刚。伍林想调麦刚到秘书科当秘书，这本是件大好事，结果硬是让人给搅黄了。

当年西京锣楼区专门拿出十个指标安置振海集团下属单位的家属，机关将这个指标给了麦刚妻子，并分配到了房产局。房产局当时是热门单位，麦刚和妻子都十分开心。谁知一两个月过去了，迟迟不见上班通知，找房产局询问，说是问劳动局。麦刚找到劳动局，办事人员说了一箩筐理由，什么年龄大了，许多单位的女工这个年龄都下岗了，无法安排，还劝麦刚，让他妻子去劳务市场应聘，路子会更广些。

麦刚没听他们忽悠，明明是上面出台的政策，政府已形成文件拿出的安置指标，劳动局和房产局有何缘由不接收人？他多次去找劳动局落实政策，没想到的是，振海集团演出队曾交流过来的一位女同志，态度嚣张，直接表示不会执行这项政策。换个环境，换个马甲，她变了，还露出凶相。

麦刚走在西京的街道上，茫然无助。梧桐树下，他的身影孤独，又瘦又长。

麦刚意外获知，分流到锣鼓区的人都是找漆部长进了好单位。麦刚敲开漆部长的家门。漆部长爽快答应，明天就办。

当天晚上，麦刚就接到劳动局的电话，让妻子明天去办手续。后来，麦刚一直想感谢漆部长，都被他拒绝了。麦刚每次回忆起帮助过自己的恩人，漆部长总是排最前面，雷打不动。

第五十八章

　　麦刚正参加西京作协的一个新书发布活动，突然接到榕州集团办公室自称小楚的电话："老麦，听说您是报社的领导，我们有个黑板报评比活动，想请您来当评委，档次就上去了。"

　　麦刚说："我已上报退休，过几天就不上班了，这个时候还去榕州参加活动，不合时宜，非常抱歉。"

　　小楚说："报退休也没关系，黑板报评比，我是外行，您是行家。再说，您当评委，我就放心。"

　　麦刚一再推托，小楚却坚持着。

　　麦刚只好对小楚说："你可能不知报社这边的情况，发生了许多事，还是另请高人吧，我确实不想去……"

　　小楚见麦刚的话说到这个份上，只好作罢。这个时候还去榕州当评委，要是牛副主任和莫主任看到，还以为麦刚想干什么。榕州集团这边，麦刚是不会再去了，更不想见与自己无关之人。

振海报社调进集团总部生产技术部新组建的报社工作的章大昌给麦刚打电话："老麦，我们报社正缺人手，更缺熟练的记者编辑，想返聘您，月薪一万……"

麦刚听后笑了，四年痛苦等待企盼，硬是把报社一支队伍拖垮，拖得精疲力竭，拖得信心全无，甚至斩草除根，一个不剩。回头发现，这些人还是有用，这个时候心早凉了，受伤的口子无法缝合。如今自己退休了，以临时工的身份再回原系统去办报，是什么滋味？能有作为？

麦刚给章大昌说："谢谢兄弟还记得我，四年经历了太多的事，不堪回首，现在对办报一点激情都没有了……"

榕州集团这边，接连发生了三件事。

一件是，画册的事果然出力不讨好，不但挨了集团总部领导的批评，还要求及时终止该画册出版，相关责任人也得到了相应的处理。

另一件是集团贾书记出事了，查出问题严重，降了两级，提前退了，黯然谢幕。原来他是个两面人。首次见面，振海报社的人还想指望他会关照大家，原来他说的全是假话、套话、空话。有这样的人带班子，弄出逼人自动写申请退休的事，就见怪不怪了。

还有一件事，莫由主任白忙一场，最后没干上保障办主

任，被调整到下属单位任书记。王副主任顺利转正，当上了
保障办主任。

麦刚确定提前退休。王主任从榕州集团飞来西京，找麦
刚谈话。

王主任问麦刚："老麦，有什么要求尽管提。"

之前，麦刚陪他找过报社好几个退休老同志谈话，最终
无一事能顺利解决。他什么要求都未提，也不想提，知道提
了也没用。自从报社被裁减后，麦刚早已看透了一切，也看
透了人性的多面性。

雪山崩塌的时候，没有一片雪花是无辜的。

麦刚记得《南方周末》编辑沈灏的诗，用来结束一个报
社的消亡：

生长带来突破，

停止带来颠覆。

这就是我们的轮回。

轮回意味着永远。

即使新闻死了，

也会留下圣徒无数……

米亚遗憾地走了，分流出去工作，开始新的职业生涯，
可惜此生与办报无缘了，只能留存在记忆里。

上船不思岸上人，下船不提船上事。驾驶员晓宗主动申
请分流到了榕州集团下属海岛某单位工作，他说离西京越远

越好，好尽快忘了这里发生过的一切不快，重新换一种活法。

排版员阳光因小事违纪被查，只能含泪回河南老家了。

"春种一粒粟，秋收万颗子。"麦刚描写故乡的散文集《背倚青山，煮茶弄花》，在西京人民出版社出版，全书35万字。中国作协也正式吸纳麦刚为会员。

麦刚自己开车，把办公室里自己的东西全部拉回了家里。而剩下的电脑、桌椅、柜子、沙发、茶几等，只等最后移交了。

余华说："作为一个词语，'活着'在我们中国的语言里充满了力量，它的力量不是来自于喊叫，也不是来自于进攻，而是忍受，去忍受生命赋予我们的责任，去忍受现实给予我们的幸福和苦难、无聊和平庸。"

米亚曾对麦刚说："老麦，多年以后，再回顾报社撤编中所发生的一切，该如何来评价呢？"

麦刚没吱声，也不好回答。

真是不巧，这个时候麦刚病了，非常突然，东海集团医院三次下病危通知书。在急诊室抢救中，医生问麦刚的妻子："麦刚病情危急，请他单位来个领导。"

麦刚妻子说："他没单位了。"

医生将信将疑。即便退了休，单位也应该在，只是妻子知道，麦刚不会同意给榕州这边的人打电话，何况打了也没用。

妻子说完，昏迷中的麦刚眼里陡然泪直流，怎么也止不住。

医生和护士顿觉莫名其妙，不知发生了什么。

幸运的是，麦刚最后挺过来了。

第五十九章

　　麦刚在东海集团医院住了两个多月。其间，东海集团办公室有人给他打电话，让他尽快移交办公室。麦刚说正在住院，出院后就去移交。

　　麦刚出院后，再去大院办移交手续时，发现办公室早被人占用，门锁打不开了。自己早已由房东变成了房客，麦刚知道自己的身份，也没声张，转身悄悄地出了大院。

　　春天早来到了西京，只是麦刚住院时没有感觉到。麦刚进这个大院时也是春天，记得当时小花园里的花开得正艳，报社门口高大的梧桐树枝丫上冒出翠绿的新叶。真是巧合，这个春天麦刚要离开这个院子了，只是报社不在了，门口的梧桐树不在了，小花园里的花不在了，昨天的麦刚也不在了。

　　回家路过古护城河时，麦刚掏出大院的门禁卡和办公室

　　钥匙，毫不犹豫地将它们扔进了河里。门禁卡在冰冷的水面稍停片刻，迅疾向下沉没，一会儿就没了。

　　麦刚顿时觉得那门禁卡极像报社这艘船，终于轰的一声，全部没进海水。他作为报社最后一个坚守者，也孤独地随船一起沉没。海水刺骨，腥味呛人。不一会儿，海面恢复平静，好似什么事也没发生，远处的雪山隐隐约约，还有海鸟在空中鸣叫盘旋……

　　海边的旷野中，有棵小草正绿，在春风里摇曳，那是根狗尾巴草，或许预示着麦刚的新生。